I0562542

SUITE
DE L'HISTOIRE
DU FANATISME
DE NOSTRE TEMPS,
OU
L'ON VOIT LES DERNIERS
troubles des Cevenes.

Par M. BRUEYS de Montpelier.

Tome second.

A MONTPELIER,

Chez JEAN MARTEL, Imprimeur ordinaire
du Roy, des Etats de Languedoc,
& de la Ville.

M. DCC. IX.
Avec Approbation & Privilége du Roy.

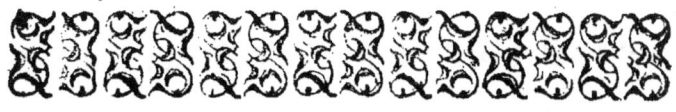

PREFACE.

Dans le tems que j'avois cessé de travailler à cette Histoire, pour composer le Traité de l'obéissance des Chrétiens aux Puissances temporelles, que je viens de donner au Public, je trouvai, qu'il avoit paru dans le monde un livre en 3 ou 4 tomes, intitulé, *le Fanatisme renouvellé* : mais, comme c'est l'ouvrage d'un bon Curé, qui a écrit avec plus de zéle que de capacité, & qui d'ailleurs s'est haté de

travailler fur des memoires
peu fidéles, je n'ai pas crû,
qu'il me dût empêcher de
reprendre mon travail, & de
donner au Public, la fuite
d'une Hiftoire, dont je lui
avois donné le commence-
ment.

Pour l'intelligence des termes dont je me fers, & pour
l'utilité qu'on peut retirer de
cette Hiftoire, je crois être
obligé de donner, dans cette
Preface, la fignification propre & litterale du mot de Fanatique : d'expliquer même
ce que c'eft que Fanatifme,
& comment il fe communi-
que ; & de montrer enfin,

que prefque toutes les faul-
les Religions ont eu recours
aux faux Prophétes , pour
tâcher de fe maintenir.

Il y a des gens qui croyent,
que le terme de *Fanatique* ,
(*a*) vient du mot Grec ,
το φῶς , qui fignifie, *Lumiere* ;
& qu'il doit être écrit par un,
Ph , qui répond au , φ , des
Grecs : mais, il y a beaucoup
plus d'apparence, qu'il vient
du mot Latin , *Fanum* , qui
fignifie , Temple ; & qu'ainfi , il doit être écrit par un, *F*,
comme je l'ai écrit. Voici
fur quoi je me fuis fondé.

(*a*) Etimologie du terme de Fanatique.

á iij

PREFACE.

Nous trouvons dans le Digeste *(a)* une Loy qui dit, que celui, qui a vendu un Esclave qui se trouve Fanatique, n'est pas obligé de le reprendre, pourveu que sa maladie ne l'empêche point de travailler à des ouvrages du corps. Or, dans toutes les éditions du Digeste, nonseulement ce terme de Fanatique est écrit par un, *F;* mais encore on y voit, par le commentaire de Godefroy, que son étimologie

(a) ff. *lib.* 21, *tit. de Edil. Edict. Leg.* 1, §. 9, 10 *& seq.* Si servus inter Fanaticos, &c. Quamvis aliquando quis circa Fana bacchatus sit, &c. Ut circa Fana bacchari soleret, &c.

vient de , *Fanum* : *Fanaticus
eſt* , dit-il , *qui circa Fana bac-
chatur , & quaſi demens reſ-
ponſa reddit* ; c'eſt-à-dire ,
qu'un Fanatique eſt celui
qui fait des extravagances
autour des Temples , & qui
prophétiſe en inſenſé.

Le Sçavant Voſſius eſt de
ce ſentiment-là, & il le prou-
ve par cette ancienne inſ-
cription qu'on voit encore
aujourd'hui ſur une pierre
qui eſt auprés de Rome. (*a*)
*Fanum Fauno conſecratum, un-
de* Fauni *appellabantur priùs,
& illi , qui vagabantur,* Fa-
natici ; c'eſt-à-dire , *Temple*

(*a*) Etimolog. Voſſ. ſur le mot, *Fanum.*

á iv

PREFACE.

confacré à Faunus, *d'où les*
Faunes ont prémiérement pris
leur nom, & *d'où enfuite ceux*
qui couroient par les champs
furent appellez, Fanatiques.
Aprés quoy, il ajoûte, que
Fanaticus etiam fumitur pro
furiofo atque infano ; c'eſt-à-
dire, *que par le terme de Fa-*
natique, *on entend auſſi un*
furieux, & *un inſenſé* ; & il
en donne la raiſon.

Outre cela, j'ai trouvé ce
terme écrit par un, *F,* non-
ſeulement, dans nos meil-
leurs Ecrivains modernes;(*a*)

(*a*) *Hor. de Art. Poët. Virg. Æn.*
lib. 6. *Luc. lib.* 5. *Juven. Saty.* 2.
Lamp. Heli. Sene. Blondel, Traité des
Sibilles, *liv.* 1, *chap.* 21.

mais encore, dans toutes les
Editions de presque tous les
anciens Auteurs; car de tout
tems il y a eu des Fanatiques.

Aprés tant, & de si fortes
preuves, je ne prétens pas
neanmoins condamner ab-
solument ceux qui aiment
mieux écrire *Fanatique* par
un, *Ph*, & le dériver du Grec:
je sçai, que les Sçavans sur-
tout, sont grands amateurs
des étimologies Grecques;
& que, chez eux,

*habebunt verba fidem, si
Græco fonte cadant.*

J'avoüe même, qu'il peut,
en quelque sens, être tiré, de
τὸ φῶς; parcequ'effectivement

A v

tous les Fanatiques se croyent illuminez : mais, à le tirer de là , il comprendroit
tous les Illuminez , quelque
objet que pût avoir leur illumination ; ainsi sa significa-
tion seroit trop générale , &
ne désigneroit pas en parti-
culier ceux dont j'écris l'Histoire , & dont l'illumination
n'a pour objet que les choses
qui regardent la Religion ;
ce qui est beaucoup mieux
exprimé , par le mot de *Fa-*
natique , dérivé de , *Fanum.*

Je dois ajoûter ici , que du
mot de , *Fanatique* , l'on a fait
celui de , *Fanatisme :* de même que de celui , *d'Arrien* ,

on a fait celui, d'*Arrianisme* :
de celui de, *Lutherien*, *Lu-*
theranisme ; & de celui de,
Calviniste, *Calvinisme*.

(*a*) Le Fanatisme est proprement une maladie de l'esprit, ou une espéce de mélan-
colie, & de manie, qui porte ceux qui en sont atteints à
se persuader, qu'ils ont le
pouvoir de faire des miracles, & de prophétiser.

Les gens mélancoliques
& atrabilaires peuvent aisément tomber dans cette maladie ; si, dans le tems que

(*a*) Ce que c'est que le Fanatisme ;
ce qui le cause ; comment il se commu-
nique, & de quelle nature sont ses sim-
ptomes.

leur tempérament eſt déran-
gé, par des jeûnes, des veil-
les, ou des fatigues, ils s'ap-
pliquent à rêver fortement
ſur les miracles, & ſur les
prophéties, qui ſont des objets qui frapent vivement
l'eſprit : parceque pour lors,
leur ſang échaufé & deſſeché
produit & porte dans leur foi-
ble cerveau des eſprits animaux, de même nature que
leur ſang ; leſquels, venant
à tomber ſur les fibres du cerveau, que la forte application a déja ébranlez ; ſur le
ſujet des miracles, & des prophéties, forcent ces inſenſez
à y rêver inceſſamment : en

forte qu'à force d'y rêver, l'amour propre, & l'orgueil, qui tournent de leur côté tous les déréglémens de l'esprit humain, les portent enfin, à se persuader, qu'ils ont eux-mêmes le pouvoir de faire des miracles, & de prophétiser.

De là, il est aisé de voir, qu'outre ceux qui tombent d'eux-mêmes dans cette maladie, on peut aussi, de dessein prémédité, y en faire tomber d'autres, en choisissant des esprits foibles, tels que sont ceux des enfans, & en leur faisant pratiquer exactement ce que faisoit

l'impie Duſerre , *(a)* ainſi
que je l'ai raconté dans le
prémier livre de mon Hiſtoire du Fanatiſme.

On voit auſſi , que cette
maladie peut aiſément ſe
communiquer , & devenir
contagieuſe ; parceque , les
eſprits foibles , étant frapez
d'admiration de ce qu'ils vo-
yent faire , & de ce qu'ils en-
tendent dire à ceux qu'ils
croyent être Prophétes , ils
ſouhaitent ardemment de le
devenir eux-mêmes ; & ne
manquent point, pour ſe rendre tels, de pratiquer exactement ce qu'ils ſçavent avoir

(a) Liv. 1, *pag.* 76, 77 *& ſuiv.*

été pratiqué par les autres :
& de là, comme l'expérience
nous l'a fait voir, eſt venu ce
nombre prodigieux de Fanatiques, & de faux Prophétes,
qui ont paru de nos jours.

Au reſte, cette maladie a
ſes paroxiſmes & ſes accés,
comme la fiévre ; ce qui
vient de ce que le ſang ne
peut pas fournir toûjours
une quantité ſuffiſante de ces
eſprits animaux, dont nous
avons parlé, pour entretenir
les fibres du cerveau continuellement ébranlez de la
même force ; ainſi les Fanatiques ſortent de leurs accés,
lorſque ces eſprits ſont diſſi-

pez ; & ils y retombent, lorſque le ſang en a réproduit de nouveaux.

Quoique le Fanatiſme ſoit proprement une maladie de l'eſprit, il eſt néanmoins impoſſible que le corps ne s'en reſſente, à cauſe du dérangement du tempérament, & des fréquentes, & violentes ſécouſſes que les eſprits animaux excitent dans le cerveau : de là vient, que, lorſque les Fanatiques ſont dans le fort de leur accés, ils ſe jettent par terre, où ils demeurent quelquefois aſſoupis ; d'autres fois ils s'agitent extraordinairement ; ils ont

même souvent des convul-
fions : & c'eft en ces differens états, qu'on les entend
parler d'une voix effoufflée,
& dégoifer toutes les extravagances dont leur folle ima-
gination eft remplie.

Ces fimptomes différens,
qui furprennent & effrayent
ceux qui ne connoiffent pas
la machine du corps hu-
main, ont été fouvent pris,
tant par les Anciens, que par
les Modernes, pour des chofes furnaturelles, & ont fait
prendre ces pauvres mala-
des, tantôt pour des poffe-
dez, tantôt pour des gens
infpirez du Saint Efprit, fe-

lon les préventions, & les
fentimens de ceux qui en
ont été les témoins.

Ce n'eft pas que le Demon,
qui a toûjours été, comme
l'on dit, le Singe des ouvrages de Dieu, n'ait pû quelquefois avoir infpiré les Fanatiques, & mêlé fes feduc-
tions à leur folie : Mais il eft
certain, ainfi que plufieurs
expériences nous l'ont appris, que ce n'eft ordinairement, qu'une veritable maladie, que l'on guérit comme les autres, par des remedes convenables, & dont les
fimptomes, quelques furpré-
nans qu'ils paroiffent, n'ont

pourtant rien que de natu-
rel, & dont la cause ne soit
parfaitement connuë.

(*a*) Comme de tout tems
il y a eu parmi les Hommes
des mélancoliques, & des
atrabilaires, & que dans toutes les fausses Religions qu'il
y a eu dans le monde, l'idée
des miracles & des prophéties, qui avoit été tirée de la
vraye Religion, a toûjours
frapé vivement l'esprit humain : de tout tems aussi,
parmi les Hommes, il y a

(*a*) Que de tout tems il y a eu des
Fanatiques. La différence qu'il y a entre les vrais & les faux Prophétes ; &
que presque toutes les fausses Religions ont eu des Fanatiques.

eu des Fanatiques.

Outre que cette vérité eſt prouvée par les Paſſages du Digeſte, de Voſſius, & des anciens Auteurs, citez à la marge de cet Ecrit, qui parlent des Fanatiques de ce tems-là, nous trouvons encore, que *(a)* Platon, *(b)* Ariſtote, *(c)* Plutarque, & pluſieurs autres Ecrivains, Philoſophes, Hiſtoriens, & Poëtes, en ont fait mention, & nous en ont laiſſé des *(c)* peintures, où nous voyons, que ceux dont ils parlent,

(a) Plat. *Exhortat. ad Græcos.*
(b) Ariſt. *Probl. ſeſt.* 30, *queſt.* 2.
(c) Plut. *de Pyth. Oracul. (d)* Virgil.
Ænæid. lib. 3, 5 *&* 6.

avoient les mêmes agitations, & les mêmes fimptomes que ceux d'aujourd'hui.

Non-feulemennt les Auteurs profanes en ont parlé, mais encore les Peres de l'Eglife, & prefque tous les Auteurs Ecclefiaftiques. Il eft vrai, que quelques uns d'eux, comme (a) S. Juftin Martir, (b) Suidas, (c) Tertullien, (d) le grand Conftantin même, prémier Empereur Chrétien, s'eftant laif-

(a) Juft. *fur la Men. de Plut. Exh. ad Græc. pag.* 36. (b) Suid. *Præf. in lib. Sybill.* (c) Tertul. *lib. de Anim. cap.* 11 *& 21.* (d) Conftant. *ad Sanct. Cœtum.*

sez tromper par les Livres
des Sibilles, qu'ils crurent
avoir été inspirez divine-
ment, attribuérent aussi,
mal-à-propos, aux vérita-
bles Prophétes, l'aliénation
d'esprit & la folie, qui ne
conviennent qu'aux Fanatiques & aux faux Prophétes.

Sur quoi nous devons
remarquer ici, que, quoi-
que les veritables Prophétes
ayent fait quelquefois des
actions, & ayent eu des agitations qui sembloient avoir
du rapport à celles des faux
Prophétes, jamais pourtant
l'Esprit de Dieu qui étoit en
eux, ne les a privez tout-à-

fait de leur raiſon, & ne les
a mis entiérement hors de
ſens, bien qu'ils paruſſent in-
ſenſez aux yeux des Hommes : & c'eſt en ce ſens que
doivent être expliquez les
Paſſages de l'Ecriture ſainte,
où nous trouvons, (a) que,
*Saül fit le Prophéte ſur le chemin, qu'il ſe dépoüilla de ſes
vêtemens en préſence de Samuël, & ſe jetta nud à terre
tout ce jour-là & toute la nuit:*
& ceux, où il eſt dit, que,
(b) *les Prophétes ſont fols,
& les Hommes de révélation
inſenſez.* Que les Capitai-

(a) 1 *liv. de Sam. chap.* 18 & 20.
(b) *Ozée chap.* 7 & 9.

nes qui étoient avec Jehu, parloient ainſi du Diſciple d'Eliſée *, (a) *pourquoi eſt venu vers toy cet Inſenſé ?* que, Scemahia Nehilamite, incitant Sophonia & les autres Sacrificateurs, contre Jeremie, diſoit, (b) *l'Eternel vous a établi afin que vous ayez la charge de la Maiſon de Dieu ſur tout homme inſenſé, & faiſant le Prophéte :* enfin, c'eſt en ce ſens que doit être expliqué le Paſſage, où il eſt dit de S. Pierre, (c) *ne ſçachant ce qu'il diſoit.*

Ce que je viens de dire ſur

(a) 2 l. des Rois, c. 9, v. 11. (b) Jerem, ch. 29, v. 26. (c) S. Luc ch. 9, v. 31.

l'ex-

PREFACE.

l'explication de ces Paſſages,
eſt fondé ſur le ſentiment
de (a) Claudius Apollinaris,
de (b) Miltiades, de (c) S.
Irenée, de (d) Clement Ale-
xandrin, (e) d'Origene, de
(f) S. Baſile, de (g) S. Epiphane, de (h) S. Ambroiſe,
de (i) S. Chryſoſtome, de
(k) S. Jerôme, (l) d'Hilaire, de (m) Théodoret, de (n)

(a) Euſeb. *lib.* 5, *cap.* 16. (b) *Ibid.
cap.* 17. (c) Iren. *lib.* 1, *cap.* 9.
(d) Clem. Alex. *pre. Tap.* (e) Orig.
in Exechi. hom. 6. (f) Baſil. *in Eſai.
ſerm.* 1. (g) Epiph. *bareſ.* 48, *cap.*
3. (h) S. Ambroſ. *in pſal.* 39. (i) S.
Chryſ. *in pſalm.* 45. (k) Hyer. *præf.
in Nahum.* (l) Hilaire, *apud Ambr.*
1. Cor. 12, 8. (m) Theod. *in prim. Cor.*
41. (n) Primaſ. *in prim. Cor.* 14.

É

Primasius, & de tous les
Théologiens anciens & mo-
dernes ; qui disent que les
faux Prophétes, les Dévins,
les Sibilles, les Fanatiques,
& tous ceux qui étoient inspirez par le Démon, étoient
entiérement privez de raison, contraints, forcez, tour-
mentez, & tirez hors d'eux-
mêmes par l'Esprit malin,
qui étoit en eux ; au lieu
que les véritables Prophétes, tant du vieux que du
nouveau Testament, ont
parlé avec un esprit sain,
éclairé, intelligent, & ayant
la liberté de parler, & de
se taire. Et ils fondent ce

fentiment fur ce Paffage de
S. Paul : *(a) les efprits des
Prophétes font foûmis aux
Prophétes ; car Dieu eft le
Dieu de paix , & non de
confufion, & de defordre.*

Il eft certain , par l'Hiftoire, que c'eft ordinairement dans les fauffes Re-
ligions que fe font élévez
les faux Prophétes, aufquels
on a donné divers noms ;
mais dont la folie a toû-
jours été, de fe croire remplis de quelque vertu divi-
ne & furnaturelle, pour faire des miracles, & pour pro-
phétifer.

(a) I. *Ep. aux Cor. ch.* 14 *, v. &* 33.

é ij

Ainſi, les Mages des Egip-
tiens , qui contrefaiſoient
les miracles de Moïſe ; les
Prêtres & les Prêtreſſes des
Grecs & des Romains , auſ-
quels on donnoit les noms
de *Dévins* & de *Sibilles*,
& dont on conſultoit les
Oracles , étoient les Fanatiques qu'il y avoit alors
parmi ces Peuples-là : car ,
quoique ces Mages , ces
Dévins & ces Sibilles fuſſent ſouvent inſpirez du Démon , & ſe ſerviſſent même
de diverſes ruſes pour im-
poſer aux Peuples ; il eſt
néanmoins certain , par les
peintures que les Auteurs

anciens en ont laissées, qu'ils ressembloient parfaitement à nos Fanatiques d'aujourd'hui.

Il semble aussi, que *Simon*, surnommé *le Magicien* ; & ce *Barjesu*, autrement appellé, *Elymas*, dont parle l'Ecriture sainte, ayent été les prémiers Fanatiques qui se soient élevez du tems des Chrétiens : celui-là étoit parmi les Samaritains, & fut confondu par S. Pierre : celui-ci étoit parmi les Juifs, & fut confondu par S. Paul. (*a*) On peut lire l'Histoire de l'un & de l'autre dans le

(*a*) *Act. des Ap. ch. 6. & 13.*

é iij

PREFACE.

Livre des Actes des Apô-
tres ; & on verra, qu'ils
avoient affez de rapport à
nos Fanatiques.

Il y a quelque apparen-
ce, qu'on peut mettre auffi
au rang des Fanatiques de
ce tems-là, ce *Theodas*, &
ce *Judas de Galilée*, dont il
eft dit dans le même Li-
vre, (a) *qu'ils prétendoient
être quelque chofe de grand,
& qu'ils avoient attaché à
leur parti plufieurs perfonnes de Jérufalem ; mais qu'ils
furent enfin diffipez, & ré-
duits à rien.*

Aprés ceux-là parurent,

(a) *Act. des Ap. ch.* 5.

Menander, Disciple de Si-
mon, Cerinthus, & Ebion,
qui se vantoient d'avoir des
révélations particuliéres, &
dont nous lisons l'Histoire,
tant dans les saints Ecrits,
que dans ceux de S. Ire-
née, Philaster, Epiphane,
Theodoret, Eusebe, & au-
tres Auteurs Ecclésiastiques.

Je ferois une trop lon-
gue Préface, si je voulois
faire ici mention de tous
les faux Prophétes qu'il y a
eu dans toutes les fausses
Religions, depuis ces prémiers Fanatiques, jusqu'à
ceux d'aujourd'hui. Il me
suffit d'avoir déja montré,

PREFACE.

(a) que ceux, qui, de nô-
tre tems, firent deſſein d'en
fuſciter en France, formé-
rent leur plan ſur le Fanatiſme des Manichéens, des
Gnoſtiques, des Montaniſ-
tes, des Anabaptiſtes, &
des autres Hérétiques; ce
que j'ai prouvé par le témoignage même de Valere
Aurelien, Florimond de Re-
mon, Mélancton, & Jean
Sleydan, Auteurs Proteſ-
tans.

En effet, on voit, dans
leurs Ecrits, la parfaite con-

(a) Dans mon premier Livre de
l'Hiſtoire du Fanatiſme de nôtre tems,
pag. 193, 194, & 195.

formité qu'il y a, entre les Fanatiques, dont ils nous ont laissé l'Histoire, & ceux d'à-présent; c'est à sçavoir, la maniére d'instaler les Prophétes, *en leur soufflant dans la bouche* : les paroles mistérieuses de l'installation: *Reçois le Saint Esprit : leur chute par terre : leur sommeil: leur tremblement: leurs attroupemens: les troubles & les séditions qu'ils excitoient: leurs massacres : leurs incendies ;* & enfin, *leur constance,* ou plûtôt *leur folle opiniâtreté à soûtenir dans les supplices, leurs sacrileges extravagances.*

ẽ v.

Je dois seulement faire remarquer ici, que, comme Dieu envoyoit autrefois de véritables Prophétes, pour maintenir la vraie Religion, les Protecteurs du Paganisme, & des Sectes, ont presque toûjours suscité des faux Prophétes, pour tâcher de se maintenir.

Ainsi, j'ai fait voir, que ce fut précisément en 1685; c'est-à-dire, l'année même qu'on défendit en France aux Religionnaires, la convocation des Assemblées publiques, que ceux d'entr'eux, dont le zéle étoit sans connoissance, s'avisérent de suſciter des Fanatiques, pour pouvoir convoquer par ce moyen des Aſſemblées mal- gré les défenſes ; ne pré- nant pas garde , qu'outre qu'ils deshonoroient par là leur Religion, en ſe confor- mant à ceux qu'ils recon- noiſſent eux - mémes pour Hérétiques, ils violoient auf- fi le Commandement de Jeſus-Chriſt, qui nous or- donne de rendre à Céſar , ce qui appartient à Céſar.

Ce fut pour cela, que tous les honnêtes Gens de parmi eux , reconnurent a- lors, qu'à l'égard de l'exer- cice public de leur Religion , & de la convocation des Affemblées , il étoit de leur devoir d'obéïr aux Loix de la Puiffance temporelle que Dieu avoit établie fur eux ; & criérent hautement contre le moyen impie dont on ofoit fe fervir , pour convoquer des Affemblées publiques.

Pour ce qui regarde ce moyen , je fuis trés-perfuadé , qu'il ne peut être approuvé , que par des fédicieux ; & je ne m'arrêterai pas à montrer , qu'il ne doit jamais être permis de s'en fervir ; puifque Jefus-Chrift a commandé exprefsément *(a) de se garder des faux Prophétes.*

Je dois encore moins m'arrêter à faire voir, que tous ceux qu'on a voulu faire passer de nos jours pour des gens inspirez du Saint Esprit, étoient des visionnaires, des imbécilles ou des séditieux : je sçai, qu'il n'y a présentement en ce Royaume, aucun Religionnaire, tant-soit-peu sensé, qui n'en convienne. Cependant, s'il y en a encore quelques-uns assez opiniâtres, pour ne le pas avoüer, je les renvoye à ce qu'a dit sur

(a) S. Math. *ch.* 7, *v.* 15.

cela le ſçavant M. Bayle ; & ils verront, qu'un des meil-leurs eſprits de leur parti, les traite tous de *faux Pro-phétes*, ſans excepter leur célébre M. Jurieu ; & avouë même, (a) *que, de tout tems, & en tout païs, on a ſuppoſé des Prophéties, pour porter les Peuples à la re-volte.*

Aprés cela, que ceux des Religionnaires, qui liront la ſuite de cette Hiſtoire, con-ſiderent, combien ſe ſont éloignez de l'eſprit du Chriſ-

(a) *Diction. hiſt. & crit. ſur le mot*, Drabieïus, *tom.* 1, *pag.* 932 ; *& ſur le mot*, Kotterus, *tom.* 2, *pag.* 250.

PREFACE.

tianifme, & de la conduite des Chrétiens de tous les fiécles, ceux de leur parti, qui favorifant les fureurs de nos Fanatiques, leur ont aidé, de nos jours, à porter par tout le fer & le feu, pour réfifter à la Puiffance temporelle, en des chofes, à l'égard defquelles la Religion Chrétienne, & les Loix de Jefus-Chrift, ordonnent de lui obéir, ainfi que je l'ai fuffifamment prouvé dans le Traité de l'obéiffance des Chrétiens aux Puiffances temporelles, que je viens de donner au Public.

PREFACE.

Certainement , lorſque les gens éclairez & raiſonnables , qu'il y a parmi eux, examineront ces choſes ſans prévention , je ne doute point , qu'ils ne conçoivent une juſte indignation contre ces Déclamateurs inſenſez , qui ne ſe ſont pas contentez de mettre au rang de leurs Prophétes & de leurs Martirs , des imbecilles , des ſéditieux , & des gens mêmes convaincus d'un nombre infini de crimes les plus horribles ; mais encore , qui , parcequ'ils ſe trouvent dans un païs où ils peuvent écrire impuné-

ment ce que bon leur sem-
ble, ont eu l'insolence de
répandre dans l'Europe des
Libelles injurieux contre
ceux de nos Magistrats, qui
par le devoir indispensable
de leurs Charges, & pour
prévenir les malheurs pu-
blics, ont été obligez de
condamner ces scélérats aux
peines qu'ils n'avoient que
trop méritées.

Il me reste à avertir le
Lecteur, que, comme dans
l'Histoire du Fanatisme que
je donnai au Public en 1692,
je n'avançai aucun fait, qui
ne fût certain, on peut être
assuré, que je n'en avance

aucun dans la fuite de cette Hiftoire, qui ne foit trésvéritable, & dont tout le monde ne puiffe être informé, foit par la voix publique, foit par les Originaux des Procédures qui font dans le Greffe de l'Intendance de cette Province, & qui m'ont été communiquez, afin que je ne m'écartaffe point de la vérité, en racontant les ravages épouvantables que le Fanatifme vient de faire dans les Cévénes.

SUITE
DE L'HISTOIRE
DU FANATISME
DE NOSTRE TEMPS.

LIVRE PREMIER.

LE Fanatisme qui fut conçu à Rotterdam, dans la teste du Ministre Jurieu en 1685. qui prit naissance sur la montagne de Peyra du Dauphiné, en 1688. & qui, de-là, se répandit dans le Vivarez en 1689. sembloit entierement éteint en 1692. & j'avois cru n'avoir rien à ajouter à l'Histoire que j'en donnai alors au Public.

A

Cependant, puisqu'il vient de re-
naitre & de causer de plus grands
maux que jamais, je me suis
senti obligé d'en continuer l'Histoire, afin que ceux qui en ont
veu le commencement, en puis-
sent apprendre la suite.

J'ai déja fait voir, que ce fut
justement en 1685. d'abord aprés
la revocation de l'Edit de Nantes, que quelques Religionnaires seditieux conçurent le dessein de susciter en France des
Faux-Prophetes ; c'est à-dire,
qu'ils ne se virent pas plutost
privez de la liberté de l'exercice public de leur Religion,
qu'ils s'aviserent de ce moyen
impie, pour pouvoir assembler
les Peuples, & maintenir par-
là, en quelque maniere, cet exercice public, qui venoit de leur
estre deffendu.

J'ai montré, que le fameux

Jurieu, Ministre de Rotterdam, fut celui qui le premier donna le signal de prophetiser ; puisque cette mesme année 1685. il composa un Livre intitulé : *L'Accomplissement des Propheties , ou la Délivrance prochaine de l'Eglise ;* dans lequel il osa promettre de la part de Dieu à ses Sectateurs, le restablissement de leur Secte en France. Et j'ai prouvé, par les propres Ecrits de ce Ministre, qu'il ne leur fit cette promesse, que pour leur inspirer le dessein de travailler eux-mesmes à ce restablissement, en se soulevant dans le cœur de ce Royaume , au mesme temps qu'il auroit à soutenir la guerre dont il estoit alors menacé , contre presque toutes les Puissances de l'Europe.

Enfin j'ai expliqué de quelle maniere on s'y prit, pour for-

A ij

mer les premiers Fanatiques,
& pour apprendre à ceux-là à
en former d'autres. J'ai rapporté ce qui se passa dans les Assemblées qui se formerent alors
d'un nombre infini de Faux-Prophetes de l'un & de l'autre
sexe, ausquels se joignoient les
Seditieux du pays. J'ai raconté
les troubles qu'ils exciterent,
& avec quelle conduite & quelle
diligence ces attroupemens prodigieux furent dissipez.

Maintenant j'ai fait dessein
d'écrire les suites funestes qu'a
eu ce mesme Fanatisme qu'on
avoit cru éteint ; mais dont
les étincelles, qui avoient esté
portées dans les Cevenes, aprés
y avoir d'abord causé quelques
legeres alarmes, & couvé ensuite sous la cendre, depuis la
paix de Risvvik jusqu'à la pre-
sente guerre, y allumerent en-

fin l'embrasement terrible qui
a étonné toute l'Europe, &
fait fremir tous les Peuples.

Lorsque M. de Broglie &
M. de Basville eurent calmé le
Vivarez, ainsi que je l'ai raconté, ils s'apperçurent que, quoique le dehors de ce pays & des
environs fust tranquille, le dedans ne l'estoit pas entierement,
& qu'il restoit encore dans les
esprits des Religionnaires, des
semences de revolte, qui, à la
premiere occasion, pouvoient
exciter de nouveaux troubles.

Ce fut pour cela, qu'avant
que de quitter les lieux où ils
avoient dissipé les attroupemens
des Fanatiques, ils eurent la
precaution d'ordonner des levées de Milices Catholiques par-
tout où les Religionnaires estoient à craindre, afin de pouvoir accabler en un moment

les Rebelles, en cas qu'à l'avenir il leur reprist envie de débaucher les Peuples qui venoient de rentrer dans leur devoir.

Il est mesme bien certain que, si l'on eust toujours conservé ces Milices sur le pied qu'ils les avoient mises, & partout où ils les avoient establies, & que la Province de Languedoc n'en eust pas demandé & obtenu la suppression, soit pour s'en épargner la dépense, soit qu'elle les crust inutiles pendant la paix, elle auroit évité les malheurs ausquels elle vient d'estre exposée.

Ce fut aussi à cause que M. de Broglie & M. de Basville furent informez des mauvaises intentions des Religionnaires des Cevenes, qu'ils y passerent alors, en revenant du Vivarez,

pour s'en retourner à Mont_
pelier : car, bienqu'ils euſſent
empeſché l'orage de penetrer
dans les montagnes de ce pays,
de tout temps porté à la revolte, ils ſçavoient que les Cal-
viniſtes dont il eſt rempli,
avoient de ſecretes diſpoſitions
à ſe ſoulever, & l'euſſent meſme fait alors infailliblement,
s'ils n'euſſent eſté retenus par
les chaſtimens qu'on venoit de
faire de leurs voiſins.

Ce qui les obligea principalement d'y paſſer, c'eſt que
dans le meſme temps qu'ils ap-
paiſoient les mouvemens du Vivarez, ils furent avertis que
Brouſſon & Vivens, fameux
Predicans d'alors, travailloient
de toute leur force à y ſoulever les Peuples.

Brouſſon, animé d'un zele
aveugle, & enteſté des viſions

des Faux-Prophetes, exhortoit
les Religionnaires, à s'affembler
malgré les deffenfes, & à prefcher fur les ruines de leurs Temples demolis: Vivens, animé du
mefme zele, & refpirant outre
cela la vengeance des mauvais
traitemens qu'il pretendoit avoir
efté faits à ceux de fa Secte, joi-
gnoit déja les affaffinats à la Pref-
cherie de fon Evangile, & com-
mençoit deflors le prelude des
fpectacles horribles que nous
verrons dans la fuite de cette
Hiftoire.

Il eft donc jufte que je com-
mence le recit des derniers troubles des Cevenes par l'Hiftoire
de ces deux Predicans, puifqu'on doit les regarder comme
les premiers Auteurs de ces defordres, tant à caufe qu'ils en
jettoient alors les premieres fe-
mences, qu'à caufe auffi, que

des caracteres differens de ces deux hommes, ont esté formez les monstres dont j'ai à raconter les attentats.

Claude Brousson estoit de Nismes, d'une assez bonne famille ; il fut long-temps Avocat en la Chambre mi-partie de l'Edit, & ensuite au Parlement de Toulouse, lorsque cette Chambre, qui en avoit esté tirée, y fut reunie : Il plaidoit ordinairement les causes des Religionnaires, & de leurs Eglises ; mais comme il les plaidoit avec plus de zele que de capacité, ce fut dans ces occupations qu'il prit insensiblement cette chaleur de parti qui lui fit faire tant d'extravagances, & qui le perdit enfin entierement.

C'estoit un melancolique atrabilaire, d'un genie assez me-

A v

diocre, mais enflé d'orgueil ;
zelé pour fa Secte, jufqu'à la
fureur, entefté des Faux-Prophetes de fon parti, jufqu'à la
folie ; fçachant un peu l'Ecriture Sainte, mais incapable de
diftinguer en quoi elle ordon-
ne aux Chrétiens d'obeir aux
Puiffances temporelles, & en
quoi elle deffend de leur obeir ;
affectant des airs de modera-
tion, mais ne meditant que re-
voltes, & tenant pour maxi-
me, ainfi qu'il le difoit fouvent,
que l'exercice public de fa Religion ne pouvoit eftre reftabli
en France, qu'à force de fe-
ditions & de foulevemens.

En 1683. il fut un des principaux Auteurs des Deliberations qui furent prifes à Tou-
loufe dans fa propre Maifon,
& dans le Cloiftre des Char-
treux, & enfuite en Poitou,

en Vivarez, en Dauphiné, &
dans plufieurs Villes des Cevenes.

Ces Deliberations portoient,
qu'il falloit prefcher & s'affembler par - tout, mefme avec armes, malgré les deffenfes, afin
de faire connoiftre à la Cour,
comme le difoit Brouffon, que
la converfion des Religionnaires, à laquelle on travailloit
alors, n'eftoit pas un ouvrage
auffi facile qu'on fe l'eftoit ima-
giné.

Ce fut cette mefme année
1683. que Brouffon, voyant tomber de tous coftez les Temples
des Calviniftes, malgré les vains
efforts qu'il faifoit au Barreau
pour les deffendre, abandon-
na la profeffion d'Avocat, pour
fe faire Predicant, & fe jetta
dans les Cevenes, où il eut
part à tous les troubles qui s'y

éleverent, & qui furent heureusement calmez par les soins de feu M. le Duc de Noailles, Commandant alors en Languedoc, & depuis Marefchal de France.

Sur la fin de cette année, Brouſſon, confiderant d'un coſté, que ceux qui veilloient à la tranquillité publique, avoient rompu toutes ſes meſures; & jugeant d'un autre, qu'aucune Puiſſance étrangere ne ſeroit aſſez hardie pour oſer troubler de long-temps la paix dont ce Royaume jouiſſoit, ſe retira triſte & conſterné à Lauzane, où il s'occupa à compoſer des Lettres ſeditieuſes, qu'il faiſoit imprimer à Geneve, & repandre ſecretement en France, afin de ſouffler, du moins de loin, la revolte, n'oſant plus l'aller conſeiller de prés & en perſonne.

Dans ce lieu d'azile, il apprit avec douleur en 1685. la revocation de l'Edit de Nantes, & la reunion generale des Religionnaires au sein de l'Eglise. Ce fut là aussi qu'il commença à s'entester, non-seulement des folles Predictions du grand Prophete de Rotterdam sur la delivrance prochaine de son Eglise, mais encore des visions chimeriques des petits Prophetes-Dormans du Dauphiné & du Vivarez ; ajoutant autant de foi aux reveries de ces Imbecilles, qu'aux Oracles de la Sainte Ecriture.

Il demeura pourtant tranquille dans la Suisse, tandis que la France fut en paix. Mais, lorsqu'en 1688. il vit un Roy Catholique détrosné en Angleterre, un Prince Protestant, sur le Trosne de ce Royaume, &

toutes les Puissances de l'Europe déchaînées de nouveau contre la France, il crut qu'il estoit temps de sortir de sa retraite, & de se remettre aux champs, pour favoriser les desseins de nos Ennemis, & travailler de ses propres mains au renversement de ce Royaume, dans l'esperance de voir rebastir par-tout des Temples sur les ruines de sa Patrie desolée.

Cette mesme guerre & cette mesme esperance firent aussi pour lors revenir en France plusieurs Ministres qui s'estoient retirez dans les Pays étrangers en 1685. avec la permission du Roy ; mais ausquels il avoit esté deffendu d'y rentrer sur peine de la vie ; ce qui fut cause que dans la suite, on fut obligé de punir ceux qui y furent trouvez seduisans les Peuples : de-

quoi les Faifeurs de libelles contre la France firent tant de
bruit, quoique l'on ne fift en
cela, que ce que les Etrangers
auroient fait eux-mefmes en pa-
reil cas ; puifqu'on ne faifoit
que chaftier des Sujets rebelles,
qui ne revenoient dans leur
Patrie que pour y mettre le
feu.

Brouffon attendit neanmoins
que la guerre fuft bien allumée
de toutes parts, avant que de
quitter le lieu où il s'eftoit refugié, & il employa ce temps-
là à compofer les Sermons qu'on
trouva fur lui lorfqu'il fut arrefté, qui n'eftoient remplis
que de folles exhortations à
defobeir aux ordres du Roy,
ou de fatires groffieres contre
l'Eglife Catholique : aprés quoi,
il partit de Lauzane dans le
mois de Juillet de 1689. & fur

la fin de cette année il retour-
na dans les Cevenes, où il se
joignit à Vivens, qui s'y estoit
rendu quelque temps auparavant, en revenant de Hollande,
où il avoit esté reçu Ministre.

François Vivens estoit de
Valeraugue, Village des Hautes-
Cevenes, situé au pied de la
montagne de l'Esperou : Il estoit Cardeur de laine, & fils
d'un homme de la mesme pro-
fession : ses premieres inclinations furent le libertinage & le
vol ; le Greffe du Lieu de sa
naissance est encore plein de
Procedures faites contre lui,
pour les larcins qu'il faisoit en
sa jeunesse. A l'âge de vingt-
deux ans, n'osant plus paroistre
dans son Village, il commença
à suivre les Assemblées des Religionnaires ; &, pour s'attirer
encore mieux leur appui contre

les pourfuites de la juftice, il
fe declara Predicant.

C'eftoit un petit homme,
boiteux de naiffance, d'un efprit vif, malin, hardi & entreprenant ; les crimes de fa jeuneffe, foit pour les commettre,
foit pour en éviter le chafti.
ment, outre qu'ils l'avoient accoutumé à porter des armes &
à s'en fervir, l'avoient auffi en-
durci à la fatigue, & lui avoient
acquis dans fon pays une reputation de courage, qui eftoit
plutoft une hardieffe de fcele-
rat, qu'une veritable bravoure.

Quelque foin qu'on prift pour
faire arrefter un homme fi dangereux, il échapa toujours à
la recherche de ceux qui en
avoient l'ordre, en fe fauvant
dans les bois & dans les mon.
tagnes, dont il fçavoit tous
les detours, & connoiffoit par.

faitement toutes les retraites.

La mesme paix & les mesmes raisons qui avoient obligé Brousson à sortir de France, avoient aussi obligé Vivens à s'en éloigner. Dans les alarmes continuelles où il estoit d'estre pris & puni, il s'adressa à M. Dugua, qui servoit de Mareschal de Camp sous les ordres de M. de la Trousse, Lieutenant General des Armées du Roy, & Commandant alors en Languedoc ; il lui fit sçavoir, que si on vouloit lui permettre de sortir du Royaume, avec trois Predicans, & quelques Scelerats, il n'y reviendroit de sa vie : on trouva à propos de le lui permettre ; il se retira en Hollande , mais il ne tint pas ce qu'il avoit promis.

La mesme guerre & les mesmes esperances qui avoient rap-

pellé Brousson en France en
1689. y rappellerent aussi Vivens ; mais comme celui - ci
estoit moins timide que l'autre ,
il y estoit venu le premier , &
s'estoit d'abord aussi jetté dans
les Cevenes , où reprenant ses
premieres occupations , il avoit
commencé à rechauffer le zele
des Religionnaires pour les Assemblées , qui s'estoit un peu
refroidi pendant la paix.

Le nouveau caractere de Ministre de l'Evangile , dont Vivens avoit esté revestu en Hollande , attira d'abord auprés de
lui tous ceux qui estoient encore
entestez de la Religion qu'ils a-
voient abjurée en son absence , &
les Assemblées recommencerent
avec plus d'ardeur que jamais.

Cependant , comme son incli-
nation dominante estoit le libertinage & les armes , il attira

auffi en mefme-temps auprés
de lui tous les Gens perdus de
dettes & de crimes, & tous
les Scelerats du pays.

Alors, meditant la revolte generale des Cevenes, il fit des
amas d'armes, de poudre, de
plomb, & il parvint à mettre
enfemble fous fes ordres environ
quatre cens hommes de mefme
trempe que lui, à la tefte defquels il ofa un jour marcher
fierement en plein midi de Florac au Pompidou ; efperant que
cette troupe groffiroit à veuë
d'œil fur tous les lieux de fon
paffage ; & fe flatant en fecret,
que, comme de Cardeur de
laine, il eftoit devenu Miniftre
de l'Evangile, il pourroit bien
auffi devenir de Predicant, General d'Armée.

Ce fut juftement en ce temps-
là, que M. de Broglie & M.

de Basville, qui eſtoient attentifs à tout ce qui ſe paſſoit en
Languedoc, allerent en diligence dans les Cevenes, où ils ne
furent pas plutoſt arrivez, que
M. de Broglie, avec le peu de
monde qu'il avoit, marcha droit
à cette troupe de Seditieux, les
chargea bruſquement, & les
contraignit à ſe jetter en deſor-
dre dans les bois du Rampon,
où il les alla encore relancer,
& où il les auroit tous pris ou
tuez, s'ils ne ſe fuſſent ſauvez
par la trahiſon des Habitans
de Florac, qui leur donnerent
paſſage ſur leur Pont, qu'on
avoit eſté obligé de confier à
leur garde ; parcequ'on n'a-
voit pas aſſez de troupes pour
occuper ce poſte, tandis qu'on
forçoit les rebelles dans les bois.

Il y en eut cependant pluſieurs de tuez, & un aſſez grand

nombre de pris, qui furent punis le lendemain à Saint Jean de Gardonenque. Mais par malheur, Vivens qui connoiſſoit mieux le pays, & qui eſtoit plus experimenté à la fuite que les autres, ne fut point arreſté, & il s'alla cacher dans ſes retraites ordinaires.

Cette défaite, à laquelle il ne s'attendoit point, parce qu'il croyoit que M. de Broglie & M. de Baſville eſtoient occupez ailleurs, lui fit alors perdre entierement l'eſperance d'une revolte generale, & l'envie de rien entreprendre en plein jour.

Ce fut quelque temps aprés cet échec, que Brouſſon, revenant de Lauzane, ſe rendit auprés de Vivens : il le trouva en poſſeſſion des eſprits de tous les Seditieux des Cevenes ;

mais extrememement mortifié d'a-
voir veu sa Troupe dissipée, &
d'estre sitost décheu des folles esperances dont il s'estoit
flatté.

Brousson n'estoit pas encore
Ministre, bienqu'il en fist les
fonctions; il avoit besoin de ce
caractere pour agir plus effica-
cement. Vivens, qui en avoit
esté revestu en Hollande, pouvoit, selon la discipline des Cal-
vinistes, le lui communiquer;
& quoiqu'il eust déja les mains
teintes du sang des meurtres
qu'il avoit commis, Brousson
ne fit pas difficulté de prendre
de lui sa vocation, dans une Assemblée convoquée exprés pour
cette Ceremonie, dans laquelle on vit un Assassin public im-
posant ses mains sanglantes sur
la teste d'un Visionnaire seditieux, & le recevant Ministre du

saint Evangile de Jesus-Chrift.

Dés que Brouffon fe vit re-
veftu de ce nouveau caractere,
& eut changé fa profeffion
d'Avocat en celle de Miniftre,
il jugea à propos de changer
auffi de nom, & fe fit appeller
Paul de Beauclofe : il voulut
mefme, pour l'honneur de fon
miniftere, fe choifir un Com-
pagnon de fes travaux ; le choix
tomba fur Henri Portal de Saumane, homme entreprenant &
capable des plus grands crimes.
Il eft certain que depuis ce
temps-là ; c'eft-à-dire, depuis
1689. jufqu'en 1692. Brouffon &
Vivens ne fe quittoient plus:
comme ils avoient les mefmes
veuës, ils concertoient enfemble leurs deffeins , & Vivens
n'entreprenoit rien dont Brouffon ne fuft le témoin, ou le
complice.

Nous

Nous verrons dans la fuite de cette Hiftoire ce que firent enfemble ces deux Scelerats, ce qu'ils tramoient avec les Ennemis de l'Eftat, & quelle fut la fin de l'un & de l'autre. Mais, pour ne rien oublier de ce que l'efprit de Fanatifme fit entreprendre aux Religionnaires, je dois parler ici de deux legeres émotions qu'il y eut en ce temps-là dans le Diocefe de Caftres, dont je n'eftois pas informé en 1692. mais dont j'ai efté inftruit depuis, par les Originaux des Procedures, que l'on peut voir encore dans les Greffes des Lieux où fe font paffées les chofes que je vai raconter.

Sur la fin de l'année 1688. quelques Emiffaires des Fanatiques des Cevenes, qui avoient paffé du cofté de Caftres, s'avi-

B

ſerent d'un ſtratageme ridicule,
pour empeſcher les Nouveaux
Convertis d'aller à la Meſſe.

Ils inſtruiſirent ſecretement
un petit Garçon de ſept ou huit
ans, à faire l'Ange ; & un jour de
Dimanche, pendant que tout
le monde eſtoit à l'Egliſe, ils
firent cacher cet Enfant habil-
lé de blanc, dans un buiſſon,
auprés duquel ils ſçavoient,
qu'une jeune Fille nouvelle con-
vertie, du Village de la Capelle, ne pouvoit éviter de paſſer
en allant garder ſes vaches : en
effet, lorſqu'elle y fut arrivée, ce
jeune Garçon ſe preſenta devant elle, lui dit de n'avoir
point de peur, qu'il eſtoit un
Ange deſcendu du Ciel, & qu'il
lui apparoiſſoit pour lui recom-
mander de n'aller plus à la Meſſe ; aprés quoi, tandis que la
pauvre innocente, qui eſtoit ſeu-

le, & qui n'avoit que dix à
onze ans , demeura faifie de
frayeur, il difparut, ainfi qu'on
lui avoit appris, en fe dérobant
adroitement à travers la brof-
faille dont ce lieu eftoit couvert.

La jeune Fille , qui crut l'apparition veritable, ne manqua
pas le mefme jour de raconter
ce qui lui eftoit arrivé à tous les
Manans de la Capelle, & le
bruit en fut bien-toft répandu
par-tout: cependant cette affaire ne fit d'abord aucune impref-
fion fur les efprits; parce qu'elle fut regardée comme une folie par ceux des Religionnaires
qui avoient tant - foit - peu de
fens; mais dans la fuite, la nouvelle de cette apparition ayant
efté portée du Village de la Capelle, dans tous les Lieux du
voifinage, & les plus fimples des

Nouveaux-Convertis de Viane, de la Caune & des environs, estant allez voir en foule cette Fille, ayant sçu d'elle - mesme l'apparition & les paroles de l'Ange ; & cessant d'aller à la Messe, l'affaire commença à devenir serieuse.

Comme cette jeune Fille avoit esté trompée la premiere, elle trompoit aisément tous ceux à qui elle parloit ; parcequ'on persuade sans peine aux autres, ce dont on est soi-mesme persuadé : en sorte que, le mal augmentant par contagion, on fut obligé de la faire arrester : elle fut conduite à Castres dans les prisons de la Tour Caudiere, où M. de Barbara, Juge des Lieux, & Subdelegué de M. de Basville, se transporta pour l'interroger.

Elle soutint toujours qu'un

Ange lui avoit apparu, parcequ'elle le croyoit effectivement ;
mais, foit que le petit Garçon
euft varié en joüant fon rolle,
ou plutoft Dieu voulant con-
fondre le deffein des Impies,
elle changea de langage, & declara devant tout le monde, que
l'Ange, en difparoiffant, lui
avoit expreffement recomman-
dé d'aller à la Meffe.

Par cette declaration, qui
fut renduë publique, les Imbecilles qui s'eftoient laiffez fur-
prendre, eftant detrompez,
rentrerent dans leur devoir, &
cette avanture finit par la confufion fecrete qu'en eurent fans
doute ceux qui en avoient efté
les Auteurs, & qui pourtant ne
furent point découverts, quelque foin qu'on prift pour cela.

Cette premiere fuppofition
de l'apparition d'un Ange, pour

empescher les Nouveaux-Convertis d'aller à la Messe, donna occasion l'année d'aprés à une seconde, pour les obliger d'aller sans crainte aux Assemblées qu'on avoit dessein de faire en plusieurs Lieux de ce Diocese.

Il y avoit parmi les Religionnaires de ces quartiers-là un fameux Predicant, appellé, Corbiere la Picardié, du Village de la Croizette, qui se disoit inspiré du Saint-Esprit, & persuadoit aux Simples, qu'il le leur communiquoit, en leur soufflant dans la bouche, en disant les mesmes paroles, & faisant les mesmes singeries que l'impie Du-Serre, dont j'ai déja raconté l'histoire.

Ce Fanatique travailloit depuis quelque temps à faire des Assemblées : mais n'ayant pu parvenir à en convoquer de nombreuſes, à cauſe que la crainte du chaſtiment retenoit la plupart des Religionnaires, il s'aviſa, à l'imitation de l'affaire de la Capelle, dont il ſe parloit encore, de faire traveſtir en Anges deux grandes Filles : car comme le premier Ange, pour eſtre trop jeune, n'avoit pas ſçu bien joüer ſon rolle, le fourbe crut que, pour reuſſir, il devoit choiſir des Anges un peu plus avancez en âge.

Aprés qu'il euſt bien inſtruit, preparé & exercé ſecretement ces deux Filles, il fit répandre par-tout le bruit qu'on verroit un grand Miracle à une Aſſemblée qu'on devoit faire le ſeptiéme de Fevrier de l'année 1689. dans la Grange d'une Metairie, appellée Talpeirac.

B iv

L'attente de ce Miracle y
attira cinq ou six cens perfonnes, & fur la mi-nuit, aprés
les longues & extravagantes
Exhortations que ce Fanatique
avoit accoutumé de faire, il
fe mit à crier de toute fa force,
qu'on éveillaft ceux qui dor-
moient, afin que tout le monde
fuft en eftat de recevoir les Anges qui alloient defcendre du
Ciel ; & dans le mefme inftant
ces deux Filles, habillées de
blanc depuis les pieds jufqu'à la
tefte , & le vifage à demi voilé,
parurent au milieu de l'Affemblée.

A ce fpectacle, que le lieu,
la nuit, & le fommeil favori-
foient extremement, la troupe
fole, faifie d'une fainte horreur,
demeura dans un refpectueux
filence ; & en mefme temps,
celle des deux, qui fçavoit le

mieux joüer son rolle, se prit à crier en patois du pays, *Et bien, Pecheurs, est-ce ainsi, que vous avez tenu vostre promesse? Vous aviez promis dans la derniere Assemblée, que vous n'iriez plus à la Messe ; cependant la crainte des Dragons vous y a fait aller. Vous avez beau vous cacher, Pecheurs, je sçaurai bien vous trouver, & vous faire sortir de ce lieu ; car vous en estes indignes.*

Alors, ceux qui avoient esté à la Messe, tremblans & baissans la teste, les deux Anges, chacun une lanterne à la main, & conduits par un homme qui leur parloit à l'oreille parcoururent deux ou trois fois toute l'Assemblée, & en firent sortir une vingtaine de personnes.

Cette expedition estant faite, l'Ange qui avoit déja parlé, marqua le lieu, le jour & l'heure

de la prochaine Assemblée,
exhorta les assistans à s'y trouver,
les assurant qu'ils y pouvoient
aller sans rien craindre, & que
les Dragons, les Prestres, ni les
Juges n'auroient aucun pouvoir
sur eux.

Avec ce grossier & ridicule
artifice, il se fit en ces quartiers-
là, pendant trois ou quatre mois
de suite, plusieurs Assemblées
tres - nombreuses ; il y en eut
mesme quelques. unes de plus
de douze cens personnes ; les
mesmes Anges y apparoissoient
toujours, & y faisoient à - peu-
prés le mesme manege ; ne man-
quant jamais, sur- tout lorsqu'on
estoit sur le point de se sepa-
rer, de convoquer la prochaine
Assemblée, & d'exhorter tout
le monde à s'y trouver.

Les Prestres, les Juges, &
generalement tous ceux qui

veilloient pour empefcher ces
defordres, diffipoient fouvent
ces attroupemens avec le fecours d'une Compagnie de Dragons de la Reyne, qui eftoit
exprés pour cela fur les Lieux ;
mais ils avoient beau faire, le
Predicant & les Anges, fe fauvant toujours les premiers, &
exhortant enfuite fecretement
ceux qui avoient échapé par
la fuite, à ne fe point rebuter,
les Affemblées continuoient, &
le mal croiffoit au lieu de dimi-
nuer.

Enfin, le Dimanche des Ra-
meaux de l'année 1689. ceux
qui avoient le foin d'avertir
les Religionnaires de fe trouver
aux Affemblées, ayant fçu que
la Compagnie des Dragons eftoit allée à quatre lieuës de Vabre, ils en convoquerent une
à neuf heures du matin dans

B vj

le bois de Cazarils. Mais Dieu permit que cette Compagnie, euſt un contre-ordre, revinſt ſur ſes pas, & paſſaſt juſtement à la meſme heure ſur les Lieux où ils eſtoient aſſemblez.

A la veuë des Dragons tout prit la fuite, juſqu'aux Anges, & ſe diſperça d'un coſté & d'autre dans les bois. Corbiere la Picardié, leur Predicant, or-dinaire, voulut auſſi ſe ſauver; mais comme c'eſtoit à lui prin-cipalement qu'on en vouloit, & qu'il eſtoit connu, on le pourſuivit vivement : lorſqu'il vit qu'on le ſerroit de prés, & qu'il alloit eſtre pris, il s'arreſ-ta tout-court; & fit un grand cercle à terre avec une cane qu'il avoit à la main; & s'eſtant placé au milieu, il ſe mit à crier par pluſieurs fois de toute ſa force : *Arriere de moi, Satan.*

Les Dragons peu fuperftitieux, fondirent de tous coftez au tour du cercle fatal, pour s'approcher de lui, & tafcher de le prendre en vie ; mais irritez de voir que leurs chevaux, effrayez par la figure, les cris, & fur-tout par la cane haut levée de ce furieux, refufoient de leur obeir, ils furent enfin contraints de le tuer à coups de fufils ; & la fin de ce malheureux fut la fin de tous ces defordres.

Par les prifonniers, que l'on fit en cette occafion, ou par ceux qu'on avoit déja fait en d'autres, on fçut qui eftoient les deux Filles qu'on avoit traveflies en Anges ; on connut ceux qui les conduifoient, & l'on fut exactement informé de tout ce qui fe paffoit dans ces Affemblées, felon que je viens de le raconter. Les plus cou-

pables furent punis ; on fit grace
aux autres : & depuis ce temps-
là , jufqu'à prefent , la conduite
des Nouveaux-Convertis de ce
Diocefe a efté affez reglée.

Tandis que ces chofes fe paf-
foient du cofté de Caftres ,
Brouffon & Vivens travailloient
à foulever les Religionnaires
des Cevenes. Comme ils eftoient tous deux Miniftres , ils
avoient une autorité à-peu-prés
égale ; cependant Vivens , qui
avoit reçu Brouffon au Miniftere , avoit confervé fur lui
quelque fuperiorité , & retenoit
encore quelques airs de Maiftre.

Ils fe partagerent d'abord
leurs fonctions differentes , fuivant la difference de leurs inclinations. Brouffon eftoit pour
le confeil ; Vivens pour l'execution : celui-là eftoit chargé
du miniftere pacifique ; celui-

ci des entreprifes hazardeufes :
les Vifionnaires fuivoient Brouffon, qui leur infpiroit le Fanatifme; les Scelerats s'attachoient
à Vivens, qui leur infpiroit la
cruauté.

Brouffon eftoit occupé à conduire les intrigues fecretes qu'ils
avoient avec leurs Freres de la
Province : pour cela il envoyoit
continuellement de tous coftez
des Avis, des Exhortations, &
des Lettres ; il ofa mefme quelquefois en adreffer à M. de
Bafville, qui eftoient tantoft
foumifes, tantoft menaçantes,
mais toujours folles.

Vivens avoit le foin de choifir des lieux furs & commo-
des pour les Affemblées, de
faire avertir fecretement les
gens qui devoient s'y rendre ;
de pourvoir à leur fureté, tandis qu'ils eftoient attroupez, &

de les faire escorter lorsqu'on
les congedioit : pour cela il estoit sans cesse occupé à amas-
ser des armes & des munitions;
à s'assurer de bons & fidéles
guides , & à attacher à son
service des gens hardis , & propres à l'execution de ses desseins.

Tout se remuoit à leur gré
dans les Cevenes ; mais on ne
remuoit ordinairement que de
nuit : car outre que depuis la
deroute de Florac les Rebelles
n'osoient rien entreprendre en
plein jour , il y avoit d'ailleurs
encore alors par-tout des Milices , qui veilloient sur leur conduite , & qui estoient continuellement à la queste des Predicans , & des Assemblées.

Brousson & Vivens qu'on
cherchoit principalement, n'a-
voient aucune demeure fixe,

ils erroient sans cesse, quelquefois ensemble, quelquefois se-
parez, & changeant de giste
toutes les nuits ; ils se cachoient
tantost dans les Chasteaux des
Gentilhommes, tantost dans
les Hameaux des Paysans, &
souvent dans les Cavernes des
Montagnes.

Cependant, quelque pour-
suite que l'on fist pour les arrester, les Habitans du pays estant
pour eux, & les avertissant de
tous les mouvemens qu'on faisoit, ils échapoient toujours,
& continuoient à convoquer
des Assemblées nocturnes, dans
lesquelles non-seulement ils pres-
choient, donnoient la Cene,
& recevoient les abjurations de
ceux qui s'estoient faits Catholiques ; mais encore, parmi ces
actes de leur Religion, & dans
la ferveur de leur zele, ils de-

liberoient pieusement d'assassiner tous ceux qui, par l'obligation de leur Estat, ou de leurs Charges, s'opposoient à leurs attroupemens, & taschoient de retenir les Peuples dans le devoir.

En execution de ces Deliberations cruelles, les Curez de Conquerac, & de Saint Marcel furent massacrez ; ce dernier par Vivens lui-mesme, qui le tua d'un coup de fusil ; le Vicaire de Sodorgue fut blessé, en portant le saint Sacrement à un malade, & échapa miraculeusement de leurs mains. Bagar, premier Consul de la Salle, autrefois Ministre, sincerement converti, Severac, Gautier, Claparede, & quelques autres, qui veilloient pour la tranquillité du pays, furent pareillement assassinez, ou par

les Devots de Brouffon, ou par
les Satellites de Vivens ; les uns
dans leurs maifons, les autres
fur les grands chemins.

Si quelqu'un eftoit foupcon-
né d'avoir denoncé un Predicant, découvert une Affemblée,
ou revelé ceux qui y avoient
affifté, fa mort eftoit auffitoft
refoluë, & les Affaffins mis en
campagne pour l'executer.

Dieu permit cependant, que
toft ou tard, la plupart de ceux
qui commettoient ces meurtres,
fuffent pris, & condamnez aux
fupplices qu'ils n'avoient que
trop meritez. Henri Portal,
Predicant & Difciple de Brouffon, Dauphiné, Rouffel, la Riviere, Eleves de Vivens, furent
du nombre de ces ma!heureux.
Ce dernier, interrogé fur la Se-
lette, pourquoi des gens, qui
fe difoient Miniftres du faint

Evangile de noſtre Seigneur Jeſus-Chriſt, leur commandoient des aſſaſſinats, declara, que Brouſſon, & Vivens ſe fondoient ſur ces paroles de l'Ecriture Sainte : *Il faut oſter les méchans du milieu de vous. Il faut que les méchans ſoient retranchez d'entre vous.*

Comme il eſt certain que ce nombre infini de meurtres & de maſſacres que j'ai à raconter dans la ſuite de cette Hiſtoire, ont eſté fondez ſur l'explication cruelle que Brouſſon & Vivens s'aviſerent alors de donner aux innocentes paroles de ſaint Paul, je ſuis obligé de faire ici une courte digreſſion, pour montrer le veritable ſens de ce paſſage.

Tout le monde ſçait, que cet Apoſtre exhortoit en cet endroit-là, les Corinthiens à

oſter & retrancher de la Communion de leur Egliſe l'inceſ-
tueuxImpenitent qui eſtoit alors
parmi eux, & que jamais aucun Chrétien, par ces termes,
d'*oſter* & *retrancher*, n'a entendu autre choſe, qu'oſter & retrancher de la Communion de
l'Egliſe. * *Il eſt clair*, dit M.
Amiraut, Miniſtre de Saumur,
*que les Cenſures de l'Egliſe ne ſe
peuvent étendre juſqu'à la peine
de la mort, & que la Societé
Eccleſiaſtique ſe doit contenter, pour
la derniere de ſes peines, & de
ſes corrections, de retrancher les
Pecheurs de ſa Communion.*

C'eſt ainſi que les termes
d'*oſter* & *retrancher*, ſont expliquez dans la grande Bible
des Religionnaires, imprimée à
Amſterdam, comme on peut

* *Traité du Gouvernement de l'Egliſe,*
Chap. 1. *pag.* 36. & 37.

le voir dans les Notes de Sa-
muel & Henry Delmarets, Pere
& Fils ; l'un premier Profes-
seur en Theologie en l'Univer-
sité de Groningue, l'autre Ministre en l'Eglise Françoise de
Delft.

Cette Doctrine est fondée,
sur ce qu'il est dit dans l'Ecriture, que *Dieu ne veut point la
mort du Pecheur, mais qu'il se
convertisse & qu'il vive* : Cependant Brousson & Vivens, qui
vouloient la mort des Pecheurs,
enseignoient à leurs Disciples,
comme nous venons de voir,
que par les termes d'*oster & retrancher*, il falloit entendre,
oster & retrancher du monde;
c'est-à-dire, qu'il leur estoit
permis de tuer & d'égorger
tous ceux qui s'opposoient à
leurs Assemblées.

Mais pour faire bien connoiftre à tout le monde, & le ftile, & le genie de ces deux nouveaux Apoftres des Cevenes, dont *les pieds eft ient legers à répandre le fang*, voici une Lettre écrite de la main de Vivens, que j'ai copiée fur l'Original, qui fut trouvé fur le corps mort de Severac, qu'on avoit effectivement ofté & retranché du monde, à coups de pierres fur un grand chemin, à caufe qu'on le foupçonnoit d'avoir decouvert un Predicant feditieux, qui fut pris & condamné aux galeres.

Du Defert qu'eft partie la Prefente, à caufe de ce Judas.

A Fin que perfonne ne foit furpris de cette affaire, voici pour vous tirer de peine, & du foin que vous pourriez prendre. A caufe que cet Impie a vendu &

trahi le sang innocent, Dieu a permis qu'il soit venu au bout de ses jours ; à quoi, Messieurs, nous vous en laißons Juges, d'autant qu'il a fait un tel Acte. Il est certain qu'il n'auroit pas fait difficulté de trahir les Puißances, pour une somme d'argent, comme il a fait d'un Membre de noſtre Seigneur Jesus-Chriſt ; & c'eſt la cauſe que nous l'avons fait ainſi ; à celle fin d'éviter ſcandale à l'Egliſe, & les deſordres qu'il auroit pu faire encore ; & nous avons reſolu, moyennant l'aſſiſtance de Dieu, que tout dutant qu'il y en aura de tels, nous les aurons, quand ils ſe mettroient dans la plus grande Fortereſſe de France, moyennant l'aide de Dieu.

J'ai rapporté cette Lettre tout au long, parce que l'on y découvre le veritabie caractere

de

de nos Fanatiques ; c'est à dire, on y voit une pieté barbare, qui implore l'aide du Seigneur, pour égorger ceux qu'il nous commandé d'aimer ; un mélange horrible de Christianisme, & de ferocité : en un mot, on y voit un monstre, qui, auprés d'un corps humain qu'il vient de defigurer à coups de pierres, fait encore des vœux au Ciel pour d'autres massacres.

Cependant les frequens assassinats, les attroupemens seditieux, & les exhortations à la revolte, n'estoient pas les seules occupations de Brousson & de Vivens : leur principal dessein, comme ils s'en estoient souvent expliquez, estoit de se faire accorder des Temples à force de seditions : pour cela les troubles qu'ils excitoient ne suffisoient point ; ils n'avoient

C

pû encore attrouper que quelques Rebelles, & ils foupiroient
aprés un foulevement general ;
ils n'avoient fait couler que
quelques goutes de fang, & ils
le vouloient voir répandre à
grands flots.

Dans cette veuë, ils refolurent de faire entrer les Ennemis dans les Cevenes, & de
livrer cette Province au fer &
à la flamme des Troupes étrangeres. Voici comment ils s'y
prirent pour en venir à bout,
& comme il ne tint pas à eux
que ce Projet deteftable ne fuft
entierement executé.

Un Religionnaire de la Ville
du Vigan, nommé François
Huc, qui avoit efté Difciple
de Brouffon, & dont il s'eftoit
fervi pour répandre en France
les Ecrits feditieux qu'il com-
pofoit à Lauzane, eftoit alors

foldat dans les Troupes que le Comte de Schomberg commandoit en Savoye. Ce fut à ce Soldat qu'ils s'adrefferent, pour propofer à ce Comte, qui eftoit zelé pour leur Secte, de faire entrer les Ennemis dans les Cevenes. La Propofition fut favorablement écoutée ; Huc fut envoyé exprés fur les lieux ; il fit pour cela divers voyages, eut des Conferences fecretes au Moulin de Beaucoux, prés de Sauve, avec Brouffon & Vivens, & à fon retour en Savoye, pour le recompenfer de fes courfes, & de fa Negociation, il fut fait Capitaine des Barbets.

Le Comte de Schomberg, qui ne manquoit pas de bonne volonté, mais qui voyoit des difficultez infurmontables à exe-cuter ce qu'on lui propofoit, fe contentoit d'entretenir les

C ij

Revoltez de belles efperances,
& differoit toujours d'en venir
à l'execution. Brouffon & Vivens, qui fouffroient ces delais
avec impatience, connoiffant
d'ailleurs, qu'on ne differoit
à leur envoyer le fecours ; qu'ils
demandoient avec tant d'empreffement, que parcequ'on ne
croyoit pas la chofe poffible,
refolurent enfin, pour applanir
les difficultez, d'envoyer au
Comte, par un Exprés, un
Projet par écrit, fur la conduite qu'on devoit tenir, pour
en venir à bout.

Henri, Valet & Confident
de Brouffon, fut choifi pour
porter ce Projet, ou pour trouver quelqu'un qui le fift tenir
fidelement à Geneve, à un Miniftre, nommé Pitet, qui, de
là, devoit l'envoyer en Savoye.
Henri partit, alla jufqu'à Nif-

mes; &, y ayant trouvé un gui-
de de sa connoissance, nommé
Gabriel Picq, prest à partir
pour conduire à Geneve quelques Religionnaires fugitifs, il
le chargea du paquet. Ce malheureux le cousut dans sa cu-
lote, se mit en chemin avec sa
troupe : mais ayant esté arres-
té, & foüillé aux Portes de Geneve, on trouva sur lui le Projet, écrit de la propre main de
Brousson, comme on le verifia quelque temps aprés, avec
une Lettre, en chifres, écrite
par Vivens, signée, Olivier, &
dattée, du Desert, du 8. Mars
1691. Le Porteur, le Projet, &
la Lettre furent envoyez, par
M. d'Iberville, Resident pour
le Roi à Geneve, à M. de Basville. Picq fut oüi, avoüa tout ;
on le condamna à estre pendu,
& il fut executé à Montpelier.

Voici quel estoit ce Projet, ainsi que je l'ai copié sur l'Original.

On ne peut s'empescher de re-
presenter de nouveau, qu'il im-
porte extremement de se rendre
maistres des Cevenes. Si nos En-
nemis y avoient une fois jetté dix
ou douze mille hommes, & qu'ils
y fussent fortifiez, il ne seroit plus
possible de les en chasser, & ils
rendroient presque inutile tout ce
qu'on pourroit faire dans la Plaine;
car de là, ils desoleroient tout le
Pays. Aussi est-il aisé de com-
prendre, qu'ils ont fort à cœur la
conservation de ces Montagnes-
là. Les deux Regimens de Mi-
lices qui y sont dispersez, & qui
peuvent faire en tout douze ou quin-
ze cens hommes, outre quatre à cinq
Compagnies de Cavalerie, &
quelques autres Compagnies d'In-
fanterie, qui sont dans les Forts

d'Alais & Saint Hipolite, y font des courses, & des recherches continuelles, pour tascher de surprendre les Fugitifs, de trouver les Armes qui peuvent estre cachées, & d'abattre le courage du Peuple. On dit bien que ces deux Regimens & ces Compagnies de Cavalerie quitteront bientost ce Pays-là; mais il y a bien apparence qu'on ne manquera point d'y mettre de nouvelles Milices, qui auront ordre de faire incessamment des détachemens pour intimider les gens du Pays; ce qui fait juger que ce Peuple ne sçauroit rien entreprendre, quand mesme on y envoyeroit des Officiers, si on ne jette dans ces Montagnes-là quelques Troupes, qui occupent un peu les Milices, & qui donnent aux Habitans du Pays le moyen d'agir. Si on y pouvoit jetter deux mille hommes, ce seroit

C iv

une grande affaire ; autrement il faut tafcher d'y en jetter mille, ou, au pis, cinq cens hommes choifis, armez de fufils & de bayonnettes, parmi lefquels il y eût un bon nombre d'Officiers furnumeraires, des plus vigoureux, pour commander les Gens du Pays. Il faudroit que ce fecours entraft dans les Cevenes un peu avant que l'Armée Proteftante en approchaft ; & pendant que les Troupes de France feroient occupées dans la Plaine, à faire tefte à cette Armée-là, on pourroit en faire un détachement, &, en leur faifant faire un peu de détour, les faire marcher en diligence du cofté des Montagnes, pendant que l'Armée feroit du cofté du Rofne. On pourroit auffi les faire débarquer à l'entrée de la nuit, entre Montpelier & Ayguemortes, s'il fe pouvoit, ou plus bas, du cofté

d'Ayguemortes ; & pour cet effet,
s'informer avec M. Gautier, ou
avec d'autres personnes de ce quar-
tier-là, des endroits propres pour
ce débarquement. De là on les
feroit marcher toute la nuit du
costé de Calvisson, de là vers Ca-
nes proche de Vic ; car proche de
Canes, qui est à cinq à six lieuës
de la mer, il y a une petite
Montagne couverte d'un bois assez
épais, où ils pourroient s'arrester
un peu dans le besoin. De Canes,
en traversant une Plaine d'envi-
ron une lieuë, qui n'est presque pas
habitée, ils passeroient proche de
deux petits Villages appellez Dur-
fort & S. Phelix, éloignez d'en-
viron trois quarts de lieuë l'un de
l'autre, & dans le besoin, ils
pourroient aussi se jetter dans les
Bois & sur de petites Montagnes
qu'on trouve tout le long de ce
chemin-là : de là, continuant à

C v

prendre les Montagnes, ils paſſe-
roient proche de la Salle, qui eſt
auſſi à trois quarts de lieuë de S.
Phelix, & pourroient aller du
coſté de Saumane, à deux petites
lieuës de la Salle, où ils pourroient
s'arreſter ; car là le Pays eſt aſſez
fort, & c'eſt, à-peu-prés, le cœur
des Cevenes, où le Peuple ſe ra-
maſſeroit de tous coſtez. Ce coup,
avec l'aſſiſtance de Dieu, paroiſt
un coup ſeur ; car, pour peu
de diligence qu'on fiſt, les Milices du Pays n'auroient pas le
temps de ſe ramaſſer, pour s'oppoſer
au paſſage de ceux qui entreroient.
D'ailleurs des Gens qui attaque-
roient vigoureuſement ces Milices,
& qui publieroient, que le gros de
l'Armée ſeroit là, les diſſiperoient
facilement, quand le nombre de
ces Milices ſeroit quatre fois plus
grand que le leur. Il ſeroit pourtant bon de jetter d'abord dans les

Cevenes autant de monde qu'il fe pourroit, afin de s'affurer de ces Montagnes, & d'y mettre le Peuple en état de fe deffendre, & de fe fortifier, aprés quoi ces Troupes pourroient defcendre dans la Plaine.

Dans le mefme temps que Dieu permit que ce Projet fuft découvert, il permit auffi, que Vivens, qui en eftoit le principal Auteur, perift miferablement, de la maniere que je vais le raconter.

Un Predicant, appellé Languedoc, Valet de Vivens, ayant efté pris, & conduit au Fort d'Alais, entre autres chofes qu'il avoüa dans fon audition, à M. de Mandajors, Subdelegué de M. de Bafville, il lui apprit, que quatre Dragons, de la Compagnie qui eftoit alors à Anduze, avoient quelque com-

C vj

merce fecret avec Vivens. Ces
Dragons, par l'ordre de M.
l'Intendant, furent arreftez &
conduits à Alaix; l'un d'eux,
appellé Liron, avoüa ce commerce, & dit de plus, que ce
foir-là mefme il avoit avec lui
un Rendez-vous, dans une caverne d'un valon, qui eft entre
Anduze & Alaix; mais qu'il ne
fçavoit pas bien precifement où
elle eftoit: Languedoc dit qu'il
le fçavoit, & offrit d'y conduire
ceux qu'on y voudroit envoyer.
Une Compagnie du Regiment
de Villevieille, avec un détachement de l'Infanterie qui eftoit dans le Fort d'Alaix, par-
tirent en mefme temps pour y
pouvoir arriver au point du jour.
M. de Chanterenne, Gouver-
neur d'Alaix, commandoit la
troupe; on marcha toute la
nuit, & dès qu'au jour naiffant,

on put discerner les objets, Languedoc montra l'endroit du valon où estoit la caverne. Une brossaille épaisse en couvroit l'entrée, &, outre cela, pour y arriver, il y avoit un rocher, sur lequel il falloit monter, & puis descendre, ce qui formoit une espece de Parapet. Vivens y estoit avec deux de ses Satellites, Carriere, & Capieu; mais comme on n'avoit aucune connoissance, ni de la profondeur de la caverne, n'y du nombre des Gens, qui y pouvoient estre avec lui, on prit le parti de l'investir, & d'occuper tous les passages, afin que ceux qui y seroient, ne se pussent garantir par la fuite. Comme, en marchant, on ne put éviter de faire du bruit, Vivens l'oüit, &, sentant le danger où il estoit, il commença par brusler ses Pa-

piers ; il prit enfuite un fufil,
fe pofta à l'entrée, &, voyant
défiler une partie de la troupe,
il choifit un Sergent qui portoit
un jufte-au-corps bleu, lui tira
fon coup, & le tua. Il avoit
plufieurs fufils ; les deux hommes qui eftoient avec lui, ne
faifoient que les charger ; de
quelques autres coups, qu'il
tira, il tua encore deux Soldats,
& bleffa un Lieutenant. Ces
coups frequens & tirez à propos, firent prendre plus de pré-
caution aux affaillans. Jourdan,
Lieutenant d'une Compagnie
de Milice, fit le tour de la caverne, &, par derriere, grimpa
fur un rocher, d'où il pouvoit
découvrir, de prés, & de haut
en bas, ce qui en fortoit. Il n'y
fut pas plutoft pofté, qu'il vit
Vivens qui montroit la tefte,
& couchoit en joüe, pour tuer

M. de Chantrenne, dont il avoit oüi la voix; il ne lui en donna pas le temps, & d'un coup de fufil, tiré prefque à bout touchant, il le jetta roide mort par terre. Vivens tué, on fondit de tous coftez dans la caverne, les deux Scelerats, qui l'accompagnoient, y furent pris, & on les conduifit à Alais, où ils furent pendus.

M. de Bafville s'y rendit auffitoft, pour faire le Procés à la memoire, & au cadavre de ce fameux Chef des Rebelles, qu'on avoit tant cherché, qui avoit commis tant de meurtres, & dont la mort mefme n'avoit pû effacer la fureur & la rage qu'on voyoit encore peintes fur fon vifage, lorfqu'on le jetta dans le feu, où il auroit bien mieux merité d'eftre jetté tout vivant.

Tandis que ces choses se paſ
ſoient dans ce canton des Cevenes, Brouſſon qui y eſtoit ailleurs occupé à exercer le Mi-
niſtere qui lui avoit eſté conferé par Vivens, fut bientoſt
averti, & de la triſte deſtinée
de Picq, & de la découverte
du Projet, & de la mort de ſon
Heros : il en répandit des larmes ameres; & pour divertir
un peu ſa douleur, il taſcha de
renoüer la Negociation com-
mencée avec le Comte de
Schomberg.

Cependant il perdit bientoſt
eſperance d'y pouvoir reüſſir:
la renommée ne lui portoit de
tous coſtez que des nouvelles
affligeantes, & fatales à ſon parti. Il apprit en ce temps-là,
que le Roi, qui commandoit
ſes Armées en perſonne, & qui,
par ſon exemple, excitoit ſes

Generaux à faire comme lui,
battoit par tout fes Ennemis,
& venoit de prendre Na-
mur ; que le Marefchal de Lu-
xembourg avoit défait l'Armée
du Prince d'Orange à Stein-
kerque ; que le Duc de Noailles en Catalogne, avoit paffé
le Ter, forcé les Retranche-
mens des Efpagnols, & taillé
en pieces leur Armée ; & que,
d'un autre cofté, les Ennemis
avoient efté battus en Allemagne, où l'Adminiftrateur de
Wirtemberg, qui commandoit
leurs Troupes, avoit efté pris.
Mais ce qui allarma le plus le
trifte Brouffon, & déconcerta
le deffein qu'il avoit formé de
foulever les Cevenes, ce fut d'apprendre que le Marefchal de
Catinat avoit forcé le pas de
Suze, eftoit entré dans le Pie-
mont, avoit pris Nice, Carma-

gnole, Villefranche, & gagné
la fameuse bataille de la Mar-
saille, où le Comte de Schomberg avoit esté pris, & estoit
mort de ses blessures, aprés
avoir combattu en desesperé à
la teste des François Religionnaires fugitifs, dont on avoit
composé un Corps, qui fit le
plus de resistance, & qui fut
aussi défait entierement.

Toutes ces prosperitez de la
France estoient autant de sujets
de desolation, & de desespoir
pour Brousson. Il estoit natu-
rellement timide, & il venoit
de perdre son Achille; ainsi
n'estant plus soutenu par l'action, & par les conseils d'un
homme tel que Vivens; ne
voyant aucun moyen de venir
à bout de ce qu'il avoit entre-
pris, fatigué d'ailleurs d'avoir
traisné pendant trois ans, par

les Montagnes & dans les Bois, une vie errante, & exposée jour & nuit à mille dangers, il prit le parti de sortir du Royaume, & de passer en Suisse au mois de Decembre 1693.

Le Ministere qui lui avoit esté conferé par Vivens, & qu'il avoit exercé en France, y fut approuvé & confirmé dans une Assemblée Ecclesiastique : il prescha à Lauzane, à Berne, à Zuric ; &, l'envie lui ayant pris de passer en Hollande, il alla s'établir à la Haye avec toute sa famille. Là il fut aggregé, par le Synode des Provinces Unies, qui approuva & confirma de nouveau son Ministere, & il prescha dans les principales Villes du Pays, où il demeura environ deux ans ; mais ne s'y trouvant aucun repos d'esprit, c'est ainsi qu'il parloit,

touché de repentir d'avoir aban-
donné ſes Freres, (ou, plutoſt,
ayant toujours le deſſein de les
ſoulever) il revint en France
en 1695. Il parcourut toutes les
Provinces où il y avoit des Religionnaires ; mais, comme il
ſçavoit, qu'il eſtoit deffendu
aux Miniſtres, qu'on avoit laiſſé ſortir du Royaume, d'y rentrer ſur peine de la vie ; qu'il
ſe ſentoit d'ailleurs complice
de tous les crimes de Vivens,
& coupable du Projet fait avec
lui pour faire entrer nos Ennemis dans le Royaume, quoiqu'il ignoraſt encore que l'Original écrit de ſa main, avoit eſté
intercepté, il n'oſoit s'arreſter
nulle part ; ſon voyage n'eſtoit
qu'une courſe continuelle : &
enfin, la crainte, où il eſtoit ſans
ceſſe d'eſtre puni, le fit reſou-
dre à s'en retourner d'où il eſtoit

venu. Il reſſortit donc du Royaume, paſſa en Suiſſe ſans y
faire aucun ſejour, & s'en re-
tourna à la Haye.

Il n'y fut pas plutoſt arrivé,
que, plus inquiet que jamais, il
ſe repentit d'y eſtre allé, &
reſolut d'en repartir, pour faire
une nouvelle tentative. C'eſt ce
qu'il fit en 1697. Il traverſa l'Allemagne, la Suiſſe, & rentra
en France par la Franche-Com-
té. Son intention eſtoit, ainſi
qu'il le dit dans une de ſes Lettres, de commencer ſa Miſſion
par le Poitou ; mais l'envie,
de s'inſtruire, par lui-meſme, des
Prodiges qu'on racontoit alors
de ceux qu'on appelloit les Pe-
tits-Prophetes, lui fit changer
de deſſein, & le détermina à
aller dans le Vivarez.

Ce Pays couvert de Monta-
gnes, & heriſſé de rochers,

venoit d'estre l'affreux Theatre
où les Fanatiques, sortis de l'E-
cole de Duserre, avoient joué
les momeries, & excité les troubles, que j'ai racontez dans le
premier Livre de l'*Histoire du
Fanatisme de nostre temps*. On y
avoit calmé les soulevemens pu-
blics, & on n'osoit plus y prophetiser qu'en secret ; mais les
esprits de ce Peuple, aussi rus-
tre & aussi sauvage que les lieux
où il habite, y estoient encore
entierement gastez, & il y avoit
bon nombre de Prophetes & de
Prophetesses.

Ce fut là que Brousson trouva abondamment dequoi se contenter, & que son esprit, déja
blessé au sujet des Propheties,
acheva de se renverser entierement. Il parcourt le Pays avec
une ardeur inconcevable ; il y
est couru de tous les Visionnai-

res , qui le regardent comme un Homme envoyé du Ciel. On lui raconte les merveilles de la belle Ifabeau, cette fameufe Bergere de Creft, dont le Profeffeur de Rotterdam s'eftoit laiffé coëffer. Il ajoute foi à tout ce qu'on lui dit ; trouve merveilleux tout ce qu'il voit, & va de Village en Village, fuivi d'une troupe de fols, voyant naiftre par tout les Prophetes fur fes pas, & trainant en tous lieux fon admiration & fa credulité.

Quel exemple des égaremens prodigieux, où l'efprit humain eft capable de fe laiffer entrainer, lorfqu'il a une fois donné trop legerement creance à quelque erreur dangereufe ! Cet Homme , qui, quelques années auparavant eftoit l'Avocat & le Confeil des Religionnaires, pour s'eftre d'abord laiffé fe.

duire aux visions de Jurieu sur
l'Apocalipse, pousse maintenant
la folie, jusqu'à devenir la du-
pe des plus grossiers & des plus
imbecilles de tous les Hommes. Ils lui font accroire toutes les chimeres qu'ils ont eux-
mesmes dans l'esprit. On lui dit,
* *qu'on a entendu des concerts me-*
lodieux dans les airs ; qu'on a
veu dans le Ciel un feu lumi-
neux ; qu'une voix celeste a esté
oüie sur un costeau pendant une
année entiere ; qu'un Fille de sept
mois a prophetisé, & chanté des
Pseaumes, jusqu'à ce qu'elle a
esté sevrée : tout est bon pour
lui : *C'estoient,* disoit il *, autant*
de signes dans la Maison d'Israël.
Enfin il porta l'extravagance
jusqu'à recueillir de sa propre
main tous les contes ridicules
qu'on lui fit, & il en composa

* *Ecrit de Brousson, Cayer 6. page 97.*

un

un Ecrit de six cayers, conte-
nant cent cinquante-six pages
de trés-petit caractere, que j'ai
eu la patience de lire, & qu'il
intitula, *Relation des Prodiges du
Vivarez.*

On auroit de la peine à croire qu'il fut conv:incu de toutes les folies qui y sont conte-
nuës, s'il n'avoit répondu lui-
mesme à M. de Basville, lorsqu'il fut interrogé sur cela, *que
sa Relation des Prodiges du Vivarez estoit veritable & fidéle,
& que son dessein estoit de la donner au Public, aprés qu'il l'auroit
retouchée, afin que chacun y pût
faire ses reflexions.*

Si Brousson n'avoit jamais
donné que dans des visions chimeriques, & n'avoit suivi que
des Faux-Prophetes, on pourroit croire, qu'il n'estoit que
Fanatique, & que son dessein

D

dans le Vivarez, estoit seulement d'y contenter son goust
sur le sujet des Propheties ; mais
les Déliberations qu'il fit prendre en 1683. le Projet qu'il
avoit écrit de sa main en 1689.
& la liaison étroite où il avoit
esté avec Vivens, prouvent qu'il
estoit outre cela seditieux, &
qu'il avoit dessein d'y exciter
les Peuples à la revolte.

Ce qui ne permet pas d'en
douter, c'est que dans le temps
qu'il y estoit le plus occupé à
la contemplation des prodiges,
dont il estoit charmé, il n'eut
pas plutost appris la Paix de
Riswik, qu'il songea à en dé-
loger au plus viste ; voyant bien
qu'il n'y avoit plus rien à faire
pour lui, & que le calme dont
l'Europe alloit jouir, rompoit
toutes ces mesures.

En effet, la Paix generale fut

publiée en 1697. & Brouſſon
quitta le Vivarez en 1698. Il
voulut pourtant viſiter ſes Freres avant que de ſortir du Royaume ; ainſi il alla d'abord à
Orange: de là, prenant ſa route
par le Bas Languedoc, il paſſa
par les Cevenes, le Rouergue,
le pays de Foix, la Bigorre, le
Bearn ; & enfin, la Providence,
qui le menoit à ſa fin, le con-
duiſit à Oleron, où il fut re-
connu à ſon portrait, qu'on
avoit envoyé par tout, arreſté
dans l'Hoſtelerie de la Poſte,
& conduit aux priſons du Chaſ-
teau de Pau.

Les Ordres de la Cour eſtant
venus quelques jours aprés, il
fut transferé à la Citadelle de
Montpelier, pour eſtre jugé par
M. de Baſville ; non qu'il euſt
reclamé ce priſonnier, comme
ont dit fauſſement quelques fois

D ij

d'Ecrivains du pays étranger,
pour se donner le plaisir de punir
ce fameux Ministre : mais parce,
qu'en qualité d'Intendant du
Languedoc, le Roy lui avoit at-
tribué la connoissance des affaires de cette nature, & que les
crimes de ce Prevenu avoient esté commis dans cette Province.

Le quatre du mois de No-
vembre de 1698. M. de Basville
se rendit à la Citadelle avec les
Officiers du Presidial. Brousson
fut mis sur la Sellete : il igno-
roit encore, que ces Juges fussent informez du projet qu'il
avoit fait, d'introduire les Ennemis dans le Royaume. Il avoit
bien sçu, qu'Henri son valet,
qui en estoit le porteur, avoit
esté pris & puni, parceque cela estoit public ; mais il croyoit
que l'Original de ce Projet,
écrit de sa main, n'avoit point

esté trouvé ; parceque M. de
Basville, à qui on l'avoit re-
mis, avoit gardé sur cela, pendant dix-huit mois, un profond
secret. Ce qui confirmoit encore Brousson dans cette croyan-
ce, c'est qu'on l'avoit traité jusqu'alors avec beaucoup de dou-
ceur, & qu'on ne l'avoit pas
mesme lié, en le conduisant à
Montpelier : ainsi il parut d'a-
bord devant ses Juges, avec la
confiance d'un homme, qui croit
seulement, qu'on le peut convaincre d'avoir presché, & fait
des Assemblées de Religion ;
dequoi il se preparoit à faire
gloire ; & tous les Religionnaires de la Province, qui croyoient
de lui la mesme chose, le regardoient comme un Saint qui
alloit mourir pour leur Religion, & lui preparoient déja
la Palme du Martire.

Cependant son procés estoit dé. ja instruit sur tous les chefs, & l'on n'avoit que trop de preuves : M. de Basville vouloit seulement dans cette derniere Seance, con. fondre la vanité de ce Preve, nu , & detromper les Religion. naires de la bonne opinion qu'ils avoient de lui ; c'est pourquoi il permit, qu'on laissast écou- ter , à ceux que la curiosité avoit attirez à la Citadelle, ce qui se diroit dans la Chambre du Con- seil , afin que ce faux Apostre fust publiquement demasqué.

Lorsque tout le monde eut pris place, on lui permit de parler, & on l'écouta sans l'interrom- pre. Dans un Discours d'un quart d'heure, qu'il prononça avec beaucoup de fermeté, il dit , qu'il estoit Ministre de l'Evangile : il avoua, qu'il en avoit exercé les fonctions en

France ; & enfin, il s'attacha principalement à faire valoir fa reputation d'Homme d'honneur & d'Homme de bien, qu'il s'eſtoit acquiſe dans ce Royaume , & dans les Pays étrangers. Quand il eut ceſſé de parler, M. de Baſville prit la parole, & lui dit, que puiſqu'il ſe ventoit d'eſtre Miniſtre, on lui demandoit, quel motif il avoit eu dans la conduite qu'il avoit tenuë dans les Cevenes, & ailleurs. Il répondit, que c'eſtoit uniquement de deffendre la verité, & de ſuivre l'exemple des Apoſtres. M. de Baſville repliqua, en lui demandant, ſi les Apoſtres preſchoient la revolte contre les Puiſſances que Dieu a établies, & faiſoient des Projets contre elles. Il répondit, que non, & qu'auſſi il n'avoit jamais rien fait

D iv

de femblable. Sur cette réponfe
M. de Bafville fit paroiftre l'original du Projet, &, en le lui met-
tant devant les yeux , il lui demanda, s'il connoiffoit cette écriture, & fi les Apoftres, faifoient
de pareilles chofes. A la veuë
de cette Piece, Brouffon, qui,
jufques-là, avoit efté ferme, pa-
lit, & fe déconcerta ; &, aprés
quelques momens de furprife,
il prit le parti de nier fon écriture, & de dire en tremblant,
qu'il n'avoit point fait ce Projet. M. de Bafville, qui remar-
qua le trouble où il eftoit, fe
contenta de lui dire, qu'au
moins alors il n'imitoit pas les
Apoftres, qui ne mentoient
point, &, qu'on avoit en main,
dequoi le convaincre, qu'il ne
difoit pas la verité, quoique, la
main levée à Dieu, il euft juré
de la dire.

On lui fit auffitoft reconnoiftre les Ecrits qui avoient efté trouvez fur lui, pour fervir de Pieces de comparaifon, & on nomma des Experts: Mais, comme la chofe eftoit trop vifible, aux premieres Procedures, il reconnut fon écriture, & avoua tout. Cependant ce qui s'eftoit paffé fur cela dans la Citadelle fut rendu public le jour mefme. Tous les Religionnaires furent détrompez, & apprirent avec étonnement, que leur pretendu Martir, pour tafcher de garantir fa vie, avoit eu la confufion d'avoir ajouté inutilement le parjure, au plus grand de tous fes crimes.

Enfin, il fut convaincu, d'avoir efté le principal Auteur des Déliberations de 1683. qui avoient excité tant de troubles, ruiné tant de familles, & fait

répandre tant de sang ; d'estre
rentré plusieurs fois en France
secretement , pour y soulever
les Peuples par ses Discours, &
par ses Ecrits ; d'avoir entre-
tenu long-temps une liaison
étroite avec Vivens, qui se
noircissoit tous les jours de nouveaux assassinats ; d'avoir com-
ploté avec lui de faire entrer les
Ennemis dans le Royaume ; d'en
avoir écrit le Projet de sa propre main ; de l'avoir envoyé aux
Ennemis, par Henri qui estoit
son valet, & d'avoir eu, depuis
ce Projet intercepté, des Conferences secretes avec Huc, qui
lui avoit esté envoyé plusieurs
fois par le Comte de Schomberg.

Il avoua tout, aprés avoir
fait quelque legere tentative
pour pallier ses crimes, & fut
condamné, tout d'une voix à
la roüe, qui est la peine ordi-

naire des Chefs des Rebelles.
Il est vrai que, comme le plus
grand de tous ses attentats n'a-
voit pû estre mis à execution,
on lui accorda par un principe
d'humanité, l'adoucissement
qu'on juge quelquefois à propos d'accorder à ceux à qui l'on
croit devoir épargner les plus
cruelles douleurs de ce supplice.

Ce Jugement fut executé le
mesme jour. Il ne se passa rien
de remarquable à sa mort, si
ce n'est, qu'il declara à l'Abbé
Crouzet, qui l'assistoit, *que la
seule chose qu'il avoit à se repro-
cher en mourant, estoit d'avoir
fait le Projet de la revolte des
Cevenes.*

Ainsi finit ce Fanatique seditieux, laissant à la posterité
un exemple terrible des malheurs où se precipitent ceux
qui se laissent dominer par un

D vj

esprit d'erreur, & emporter par une fureur aveugle de parti.

Il est surprenant, que cet homme, tout fol, & tout seditieux qu'il estoit, ait neanmoins esté regardé, pendant sa vie, par la plupart des Religionnaires, comme un exemple de sagesse & de vertu ; mais ce qu'il y a de plus étonnant, c'est qu'il trouva encore, après sa mort, des Ecrivains aussi fols que lui, qui, ne sçachant pas ce qui s'estoit passé à son Jugement, ne firent pas scrupule, de le mettre au rang de leurs Prophetes, & de leurs Martirs, & de répandre par tout des Ecrits, qui portoient pour titre, *Le glorieux Martire de Monsieur Brousson.*

Ce fut dans une Lettre, adressée *aux Fidelles du Languedoc*, & imprimée à la Haye en 1699. qu'on ofa qualifier de ce nom honorable le jufte fup- plice de ce criminel convaincu. La Populace , & les imbecilles des Religionnaires en furent éblouïs, & continuerent à l'ad- mirer : mais ceux qui avoient veu & ouï ce qui s'eftoit paffé dans la Chambre du Confeil, quand il fut jugé , detromperent les Gens cenfez, fes Amis, fes Parens mefme , qui perdant la bonne opinion qu'ils avoient euë de lui, fe contenterent de le plaindre , & de déplorer fon malheur.

Vivens & Brouffon eftant morts, & la France commen- çant à jouir au dehors d'une parfaite tranquilité, l'efprit de Fanatifme, qui ne refpire que pendant la guerre, & qui pa- roift éteint pendant la paix , cef- fa d'agiter les deux Provinces,

où il avoit caufé tant de troubles ; mais les Difciples fecrets
à qui ces deux fameux Chefs
des Rebelles, & des Fanatiques avoient infpiré leur fureur
& leur folie, y demeurerent
cachez, en attendant que le calme de l'Europe fuft troublé par
de nouvelles agitations, qui leur
donnaffent lieu d'exciter de plus
grands orages. C'eft ce qui arriva malheureufement quelque
temps aprés, & que nous verrons dans la fuite de cette Hiftoire.

Fin du premier Livre.

SUITE
DE L'HISTOIRE
DU FANATISME
DE NOSTRE TEMPS.

LIVRE SECOND.

L A Paix de Rifwick, qui
avoit donné le calme à
l'Europe, avoit aussi ap-
paisé les troubles du Vivarez,
& des Cevenes. Les Seditieux,
ne voyant aucune apparence
de pouvoir remuer au dedans,
tandis que la France seroit tranquile au dehors, se contentoient
de nourrir dans leurs cœurs les
inclinations secretes, qu'ils

avoient à la revolte ; mais n'o-
soient rien entreprendre , ni
mettre en campagne leurs Fanatiques, & leurs Faux-Prophetes.

Tout y paroissoit tranquille.
Les Religionnaires sembloient
estre revenus de leurs égaremens, & rentrez dans leur devoir : on n'y parloit plus d'Assemblées contre les Ordres du
Roy : les Pasteurs instruisoient
librement leurs troupeaux ; & ,
si les Nouveaux-Catholiques ne
profitoient pas, comme ils devoient de leurs Exhortations,
du moins ils les écoutoient sans
aigreur.

Ce calme , qui avoit com-
mencé en 1697. ne fut pas de
longue durée. Le Roy d'Espagne estant mort le premier de
Novembre , de 1700. le Duc
d'Anjou fut appellé à la succes-

sion de cette Couronne , par
le Testament du feu Roy , la
proximité du Sang , & la voix
des Peuples ; & il fut procla-
mé à Madrid , Roy d'Espagne ,
le 24. du mesme mois. L'Empereur, qui depuis long-temps
regardoit ce Trosne comme he-
reditaire dans sa Maison , ne
put, sans jalousie, le voir occupé par un Prince de la Maison de Bourbon. Alors on sen-
tit par tout , que le Demon de
la Guerre alloit estre dechais-
né ; & tous les Estats de l'Europe, sans attendre aucune declaration, commencerent secretement à s'y preparer.

  La Renommée n'eut pas plutost répandu dans les Montagnes des Cevenes la nouvelle
de ces preparatifs , que les Religionnaires,qui soupiroient toujours aprés le restablissement de

l'exercice public de leur Religion, sentirent renaître leurs esperances. Cependant, tandis que la Guerre ne fut pas bien allumée, ils n'oserent se soulever ouvertement, mais commencerent à renouveller leurs Assemblées secretes contre les deffenses. Les Chaires Catholiques tonnerent d'abord contre cette licence; mais enfin, les Pasteurs voyant que leurs cris estoient inutiles, & que le mal augmentoit, ils furent contraints d'avoir recours aux Magistrats, & à ceux qui veilloient à la tranquilité publique, pour arrester ces desordres naissans.

Ainsi, les années 1700. & 1701. se passerent du costé des Religionnaires, à convoquer des Assemblées deffenduës; & du costé des Catholiques, à tascher de les contenir dans le devoir, ou à les faire punir de leur defobeiffance. Comme on joüiffoit encore de quelque ombre de Paix, & que le temps n'eftoit pas favorable à une revolte ouverte, les Mutins ne fe licencioient qu'à mettre aux champs des Predicans infenfez, des Quefteurs d'Affemblées, ou des Fanatiques paifibles, qui fe contentoient de prophetifer, & de faire efperer aux Imbecilles qui les écoutoient, la delivrance prochaine que Jurieu leur avoit promife.

Ce fut alors que parut, dans le Diocefe d'Ufez, une Femme venuë du Vivarez, qui auroit caufé de grands defordres, fi M. de Bafville n'y euft promptement remedié : elle affembloit les Religionnaires, & les exhortoit à fe foulever, en répandant en leur prefence des lar-

mes de fang, qu'on voyoit effectivement couler de fes yeux
en abondance ; & en leur di-
fant, que Dieu lui faifoit ainfi pleurer miraculeufement les
malheurs de fon Peuple : mais,
ayant efté arreftée, elle avoüa
que, par une indifpofition na-
turelle, le fang lui fortoit re-
glement tous les mois par le
nez & par les yeux ; & elle fut
punie de fon impofture.

Enfin, ce fut alors, qu'il
s'éleva dans le Vivarez & dans
les Cevenes, un nombre infini de Faux-Prophetes, de tout
fexe, & de tout âge, dont les
folies, qui n'exciterent que la
rifée, ou la compaffion, & ne
cauferent aucuns troubles, ne
meritent point d'avoir place
dans cette Hiftoire.

Au commencement de l'an-
née 1702. les Seditieux n'ofe-

rent encore fe foulever ouvertement. Quoique la Guerre ne
fuft pas declarée, les hoftilitez
avoient commencé : mais ce
qu'ils apprenoient du fuccés de
nos Armes, les obligeoit à fe
contenir; car ce fut en ce temps-
là que la Renommée leur porta l'Action de Cremone, où,
quoique les François euffent efté furpris par fix mille hommes
d'élite que le Prince Eugene y
avoit introduit de nuit le 13. de
Janvier, par la trahifon de quelques Habitans, ils combatti-
rent avec tant de valeur, en
fortant de leurs lits, & fe ran-
geant à la hate fous les premiers Drapeaux qu'ils trouvoient, qu'aprés divers chocs
de Soldats & d'Officiers prefque nuds, contre des Troupes
armées de toutes pieces, pre-
parées à combattre, & com-

mandées par un General de reputation, ils joncherent enfin
toutes les ruës des corps morts
des Ennemis, & les chafferent
honteufement d'une Ville dont
ils s'eftoient déja rendus les
maiftres.

Mais, dés que, vers le milieu de cette année, les Mal-in-
tentionnez eurent appris, que
la Guerre eftoit entierement declarée, que les Armées eftoient
en marche de tous coftez, &
que l'orage, qui avoit long-
temps grondé, eftoit preft à
éclater, ce fut alors que, ne
gardant plus de mefures, ils fe
fouleverent ouvertement, prirent les armes, & lafcherent la
bride aux plus furieux de leurs
Fanatiques.

Les Peuples ne manquent jamais de pretextes pour fe foulever, lorfqu'ils croyent le pou-

voir faire impunement. Ceux-
ci, qui pendant la Paix avoient
souffert, sans se plaindre, les sol-
licitations charitables de ceux
qui travailloient à les rendre
bons Catholiques, commencerent à crier & à murmurer hautement contre les moyens dont
les Ecclesiastiques se servoient
pour les obliger d'aller à la
Messe, & d'envoyer leurs Enfans aux Catechismes; & ces
cris & ces murmures firent
tant de bruit, & furent si bien
colorez, que quelques Catholiques mesmes s'y laisserent surprendre, & crurent, qu'effectivement on avoit traité les Religionnaires avec trop de seve-
rité.

Cependant, ce qui fut d'abord
un pretexte à la revolte, fut
ensuite la veritable cause de la
haine des Fanatiques contre les

Curez, & contre les Eglises. De
là, le massacre de tant de Prestres, l'incendie de tant de Temples, la dévastation de tant de
saints Lieux, le pillage de tant
de sacrez Ornemens, la profa-
nation de tant d'Autels, & le
sacagement de tant de Taber-
nacles : de là enfin, la rage de
ces Furieux, contre tous les Catholiques indifferemment, sans
que le sexe, ni l'âge, ni le ven-
tre mesme des meres pût mettre les enfans à l'abri de leur
fureur.

Ce fut au Village du Pont
de Mont-verd, qu'on vit luire
la premiere étincelle de cet
embrasement, qui se répandit
en mesme temps de tous costez,
avec tant de rapidité, qu'il fut
impossible d'en arrester le cours,
& qui devint ensuite une guerre
ouverte, où l'on vit, d'un costé
des

des Armées de Sujets rebelles,
marcher en front de bandiere,
ayant à leur teste leurs Generaux, & leurs Prophetes, qu'ils
consultoient dans les occasions,
& dont les réponses estoient les
Oracles qu'ils suivoient exactement : & d'un autre, des Troupes reglées, suivies des Milices
du pays, commandées d'abord
par des Lieutenans Generaux,
&, quand le mal augmenta, par
des Mareschaux de France, qui
pendant trois ans, aidez des conseils, du zele, & de l'activité
de M. de Basville, mirent en
usage, tout ce que la valeur,
la prudence, & la politique leur
purent inspirer, pour reduire
les Revoltez, & remettre le calme dans la Province.

Le 24. du mois de Juillet de
l'an 1702. une troupe nombreuse
de Gens armez, fondit tambour

E

battant dans ce Village, fur les
dix heures du foir. L'Abbé de
Cheyla, Archipreftre de Mende, & Infpecteur des Miffions,
y faifoit alors fa refidence ; c'eftoit à lui principalement qu'ils
en vouloient. Le filence & le
repos de la nuit furent d'abord
troublez par des cris de *tuë*, *tuë*,
entremeflez de chants de Pfeau-
mes, & de coups de fufils, tirez aux feneftres, pour intimider & faire cacher les Habitans. Aprés avoir mis tout le
lieu en alarme, & pofé par
tout des Sentinelles, ils coururent en foule à la Maifon de
l'Abbé. On avoit arrefté quelques jours auparavant des Religionnaires déguifez, & ils y
eftoient gardez par deux Soldats. On apprit dans la fuite,
qu'ils avoient juré l'enlevement
de ces Prifonniers, & la mort

de l'Abbé, dans une Assemblée de Religion, tenuë la veille, à onze heures du soir dans la Parroisse de Saint Maurice. La Maison fut investie, un des Soldats qui y estoient, tira un coup de fusil, & jetta par terre un des assaillans. Les portes furent aussitost enfoncées à coups de haches; un Paysan, qui en estoit le rentier, fut la premiere victime qu'ils égorgerent ; le Maistre d'Ecole le fut aprés lui ; les prisonniers furent enlevez ; on mit le feu à la Maison ; un des Soldats s'évada dans le tumulte ; l'Abbé, pour se garantir des flames, se refugia avec son Valet, & l'autre Soldat dans un cabinet vouté, où il les prepara à la mort qui les menaçoit ; ne pouvant plus tenir contre la violence du feu, qui avoit abattu le toit de la Maison, &

E ij

bruflé la Chapelle, où l'on difoit ordinairement la Meffe, ils fe
jetterent par une feneftre dans
le jardin ; le Valet voulut fuir,
il fut découvert à la lueur des
flames, & bleffé d'un coup de
fufil, dont il mourut quelques
jours aprés. L'Abbé refta quelques momens fans eftre veu ;
le Soldat fut apperçu le premier : on appella le Prophete,
qui fe nommoit Efprit Seguier,
pour le confulter fur la deftinée du Prifonnier : on le fit
mettre à genoux ; la troupe en
fit de mefme, les fufils couchez
en jouë : le Prophete trembla,
fut quelque temps en extafe ; &
dit, *que le Saint Efprit vouloit
qu'on lui donnaft la vie* ; on cria,
grace. La Providence voulut re-
ferver ce Soldat, pour eftre un
des trois témoins oculaires du
Martire de l'Abbé : Car c'eft

de ce Soldat, qui s'appelloit la
Violette, de la femme du Sieur
Debaux, & de la veuve du
Sieur des Maretz, qui rappor-
terent ce qu'ils avoient veu &
oüi, que l'on a sçeu, qu'aprés
qu'ils eurent découvert l'Abbé,
ils se jetterent sur lui, en criant:
Voila ce Persecuteur des Enfans
de Dieu: qu'ils le menerent en
chemise à la Place publique,
où ils faisoient une Assemblée:
que là, Esprit Seguier lui dit,
que, *s'il vouloit éviter la mort,*
il falloit renoncer à sa Religion;
les suivre, & faire parmi eux les
fonctions de Ministre de l'Eternel:
qu'il répondit, *qu'il mourroit*
plustost mille fois: que quelques-
uns de la Troupe insisterent encore en lui disant, *qu'il estoit*
bien opiniastre, de pouvoir garantir
sa vie, & de ne le vouloir point:
qu'il repliqua, *qu'on lui feroit*

E iij

plaifir de la lui conferver; mais
que s'il en avoit mille, il les don-
neroit toutes pour fa Religion:
que fur cela le Prophete s'écria;
Et bien, tu mourras donc, ton pe-
ché eft contre toy : qu'alors on
lui tira un coup de fufil, &
qu'en mefme temps ces Fu-
rieux, les haches & les poi-
gnards élevez, fe rüerent fur
lui de tous coftez, & ne cefferent de le fraper & de le per-
cer, que lorfqu'ils virent, que
leurs coups ne pouvoient plus
trouver de place fur fon corps,
qui ne fuft ouverte par quelque playe.

Les principaux Chefs de ces
Scelerats, qui furent pris & punis quelques jours aprés, comme nous le verrons dans la fuite, confirmerent à-peu-prés,
les mefmes circonftances de fa
mort, que les trois Témoins ocu-

laires avoient déja rapportées.

Telle fut la mort cruelle, mais bienheureufe de ce zelé Serviteur de Dieu : Il eftoit d'une famille noble, âgé de cinquante-cinq ans. Dés fa jeuneffe il s'eftoit confacré à l'Eglife : il avoit efté aggregé à Paris au Seminaire des Miffions étrangeres. En cette qualité, il avoit fait le voyage de Siam ; & il travailloit alors depuis plufieurs années, dans les Cevenes, à l'inftruction des Religionnaires : ainfi, ceux, pour le falut defquels il veilloit, & prioit fans ceffe, furent fes propres bourreaux.

Il avoit efté averti plufieurs fois, qu'on avoit conjuré fa mort ; & on lui avoit confeillé de demander des Troupes pour fa feureté, & pour celle du Pays : mais le peu de foin qu'il

prenoit de sa vie, lorsqu'il s'a-
gissoit du service de Dieu, &
la crainte de fouler des Peuples, qu'il regardoit comme ses
Enfans, lui firent negliger ces
avis, & le livrerent sans déf-
fense aux Meurtriers qui le cherchoient.

Cependant, comme il avoit
esté pendant sa vie le fleau des
Méchans, ceux qui sçavent de.
quoi ils sont capables, & que
Jesus - Christ mesme ne fut pas
exempt de leurs calomnies, ne
doivent pas estre surpris, si, en
Historien fidéle, je ne puis tai.
re ici, qu'il se répandit aprés
sa mort des bruits injurieux contre lui. On dit que, la Foy des
Nouveaux-Catholiques du Pays
estant encore infirme & chan-
celante, il n'avoit pas assez mé-
nagé des Vaisseaux fragiles ;
que son zele pour eux, avoit

efté meflé de trop d'amertume ;
& que cette conduite avoit revolté les Efprits, & porté les
Religionnaires à fecoüer un
joug, qu'il ne leur rendoit pas
affez leger : Mais enfin, quoique la médifance ait pû inven-
ter, pour tafcher de le noircir,
la fainteté de fa mort eft un
témoignage éclatant de la pu-
reté de fa vie.

Le lendemain de cette fan-
glante execution, aprés que la
Troupe meurtriere fe fut reti-
rée, & que le jour eut mani-
fefté les crimes de la nuit, fon
corps fut trouvé fur le Pont
de Mont-Verd, où il avoit efté
traîné, & laiffé avec les autres
victimes de leur fureur : il fut
porté dans l'Eglife de faint Germain de Calberte, où on lui
rendit les honneurs funebres,
& où il fut mis dans le Tom-

E v

beau qu'il avoit choisi lui mefme.

Pour faire voir, que les Rebelles agiffoient de concert avec
nos Ennemis, & n'attendoient,
que de nous voir aux prifes avec
eux, pour arborer l'Etendart
de la revolte, je dois faire remarquer ici, que la France avoit
declaré la Guerre le fecond du
mois de Juillet de l'an 1702. &
que ce fut precifement vingt-
deux jours aprés, que ce foulevement arriva; comme fi le
choc des Armées, qui alloit
commencer au dehors de ce Royaume, euft efté le fignal des
troubles qu'ils vouloient exciter au dedans.

On n'a jamais pû fçavoir au
jufte le nombre de ces Scelé-
rats, parcequ'ils ne le fçavoient
pas bien eux-mefmes, s'eftant
amaffez par pelotons de divers

endroits. Le bruit fe répandit pourtant d'abord, qu'ils eſtoient plus de quatre cens : peut-eſtre la peur, qui groſſit les objets, fit croire leur Troupe plus groſ- fe qu'elle ne l'eſtoit effective- ment ; mais ce qu'il y a de cer- tain, & dont on jugea par les hurlemens qu'ils pouſſoient, les corps de garde qu'ils poſerent, & les ravages qu'ils firent, c'eſt qu'elle eſtoit trés-nombreuſe, & bien pourvuë de toutes for- tes d'armes.

Cependant, la facilité qu'ils trouverent à ſurprendre un Vil- lage ouvert de tous coſtez, à une heure où preſque tous les Habitans eſtoient endormis, leur donna l'audace de marcher ail- leurs ; &, les mains encore tein- tes du ſang qu'ils venoient de répandre, ils coururent à Fru- géires, où ils égorgerent le Cu-

E vj

ré, brûlerent l'Eglife & la Maifon Presbiterale : de là , ils monterent au Village de faint Maurice , pour en faire autant ; mais le Prieur, qui les vit venir de loin , ayant fui , ils y pillerent ce qu'ils purent emporter ; & fatiguez de meutres & d'incendies , mais non encore raffafiez de crimes , ils s'allerent repofer fur le haut de la Montagne, & cacher dans les bois , pour en fortir , & recommencer leurs ravages , lorfqu'ils auroient pris halene.

A peine y eurent ils refté le temps qu'il falloit pour fe delaffer, qu'ayant efté avertis, que les Curez du Voifinage eftoient affemblez à faint Germain, pour les obfeques de l'Abbé, ils fortirent des forefts , comme la foudre fort des nüages , & fondirent de ce cofté-là, à l'heure mef-

me qu'on le mettoit au Tom-
beau: mais un Habitant du Lieu,
qu'ils trouverent en chemin,
leur ayant fait accroire, que les
Bourgeois eftoient en armes,
il détourna l'orage , qui alla
tomber fur faint André de Lancize , où ils brûlerent l'Eglife
& la Maifon Curiale ; maffacrerent le Maiftre d'Ecole ; pre-
cipiterent le Curé du haut du
Clocher , où il s'eftoit refugié,
& le livrerent enfuite à fes propres Parroiffiens , qui l'égorgerent , aprés lui avoir coupé le
nez & les levres.

De là , fans differer un moment , ils marcherent au Chaf-
teau de la Devefe, & l'inveftirent
pendant la nuit. Comme cette
Maifon appartenoit à un Gentil-
homme, ancien Catholique , elle
eftoit la retraite des Preftres &
des Religieux du Pays ; c'eft ce

qui y attira les Revoltez. Ils
s'en firent ouvrir les portes:
ils ſçavoient qu'il y avoit des
armes ; ils les demanderent;
peut-eſtre s'en ſeroient-ils contentez ; on les refuſa : ce refus
excita leur rage ; ils tuerent d'a-
bord le Rentier ; ils poignar-
derent enſuite M. de la Deveze, ſon Frere & ſon Oncle :
ſa Sœur, qui eſtoit une jeune
Fille, effrayée de tant de meurtres, leur demanda en vain la
vie à genoux, les larmes aux
yeux ; ni ſon ſexe, ni ſa jeuneſſe, ni ſes pleurs, ne purent flé-
chir ces Ames feroces : ils l'é-
gorgerent impitoyablement, &
aprés elle, ſa Mere, qui, dans
cette nuit funeſte, avant que
d'expirer, vit nager dans le
ſang toute ſa famille ; & fut la
derniere victime de leur fureur :
non contens de ces maſſacres,

ils mirent le feu au Chasteau, aprés. l'avoir pillé ; & un peu avant le jour, ils se retirerent, à la lueur des flames qui le reduisoient en cendres.

Les nouvelles de ces attentats, l'ouvrage de trois jours seulement, volerent d'abord de tous costez, & jetterent l'épouvante dans tout le Pays. La pluspart des Pasteurs prirent la fuite : les Troupeaux furent dispersez : les Eglises devinrent desertes : les Catholiques tremblerent : des Religionnaires, les uns se joignoient aux Revoltez ; les autres, faisant des vœux pour eux, prestoient secretement les mains à leurs entreprises sacrileges.

M. de Broglie, & M. de Basville, toujours attentifs, & toujours veillans au service du Roy dans la Province, reçurent, pen-

dant ces trois jours, Couriers
fur Couriers, & n'avoient pas
plutoft appris un malheur, &
donné leurs ordres pour y remedier, qu'ils en apprenoient
auffi-toft de nouveaux, qui les
obligeoient à donner inceffam-
ment de nouveaux ordres.

L'experience, des troubles
qu'ils avoient veu s'elever il n'y
avoit pas long temps, & qu'ils
avoient promptement calmez,
leur fit d'abord croire, qu'il en
feroit de mefme de ceux-ci. Ils
confideroient, d'un cofté, que
la violence de ces mouvemens
eftoit à craindre ; d'un autre,
qu'il eftoit dangereux de trop
allarmer les Peuples, au commencement d'une grande Guer-
re : ainfi ils prirent le parti, d'aller auffi-toft eux-mefmes fur les
Lieux, afin de raffurer, par leur
prefence, les Efprits déja trop

effrayez, & de mettre en mefme-
temps en mouvement, toutes les
Milices du Pays, afin de s'oppofer aux progrés de la revolte.

M. de Broglie partit le premier, aprés avoir fait prendre
les devans aux Milices. M. de
Bafville, qui relevoit à peine
d'une grande maladie, le fui-
vit, & fe fit porter à Alais, aprés
avoir eftabli une Chambre de
Juftice, tirée du Prefidial de
Nifmes, laquelle eut ordre d'aller fieger à Florac ; ainfi la Juftice marchoit avec les armes,
afin que, dans les chaftimens
qu'on alloit faire, les Innocens
ne fuffent pas confondus avec
les Coupables.

Ce fut un bonheur pour la
Province, que M. de Broglie,
qui, avant ce foulevement, avoit
demandé à la Cour, d'en eftre
rappellé, s'y trouvaft encore :

car si, dans la suite, il lui fut impossible de contenir ces Furieux avec de simples Milices, il est du moins bien certain, qu'il en arresta d'abord la premiere fougue ; & les obstacles que trouverent ceux, qui, aprés lui, vinrent successivement commander en Languedoc, avec un grand nombre de Troupes reglées, firent assez connoistre à tout le monde, qu'il n'avoit pas tenu à lui qu'il n'eust reussi ; & combien il estoit difficile, sans aucunes Troupes, d'exterminer une Hidre, dont on n'avoit pas plustost coupé les testes, qu'il en renaissoit d'autres en mesme-temps, & à laquelle tous les Habitans d'un Pays couvert de montagnes & de forests, donnoient des retraites assurées, & fournissoient sans-cesse des alimens.

M. de Broglie arriva à Saint
Germain de Calberte, le vingt-
neuf de Juillet. Il avoit appris
en chemin, que les Fanatiques
eſtoient allez du coſté de Barre, & le vingt-ſept il avoit donné ordre à Poul, de marcher
toute la nuit de ce coſté-là,
avec la Compagnie de Fuſiliers
qu'il commandoit.

Poul eſtoit un vieux Officier,
que M. de Baſville avoit attiré
depuis peu dans les Cevenes,
jugeant bien qu'il en pourroit
un jour avoir beſoin. Comme
nous aurons à parler ſouvent de
lui dans la ſuite, je dois dire
ici, qu'il eſtoit d'une taille hau-
te, Homme de teſte & de main,
infatigable, ſevere, intrepide:
il avoit ſervi, dans ſa jeuneſſe,
en Hongrie, en Allemagne; &
il venoit de ſe ſignaler en Pie-
mont, par une Action d'éclat,

que je crois devoir rapporter ici, pour le bien faire connoiſtre.

Un Capitaine des Barbets des Ennemis, fameux Partiſan, nommé, Barnabaga, ayant eſté grondé par ſon General, de s'eſtre laiſſé battre par Poul, il lui promit, que dans moins de quatre jours il auroit ſa revanche, & lui porteroit ſa teſte. Poul en fut averti ; & le lendemain, avec vingt hommes ſeulement, il alla ſurprendre de nuit ce Rodomont, dans un Village, où il ſe croyoit en ſeureté, ayant plus de deux cens Soldats, mais diſperſez : & Poul fit effectivement, ce que l'autre s'eſtoit vanté de faire.

Tandis que, d'un coſté, Poul s'acheminoit où il avoit eu ordre d'aller ; & que de Miral, Colonel d'un Regiment de Mi-

lice, marchoit d'un autre, fur
les ordres qui lui avoient auffi
efté donnez, M. de Broglie,
avant que de fe rendre à faint
Germain, paffa au Pont de
Mont-Verd, avec deux Com-
pagnies de Fufiliers, fuivant les
Revoltez à la pifte, perçant les
Bois, grimpant les Montagnes,
& marchant jour & nuit pour
tomber fur eux : mais ils furent
fi bien avertis de fa marche par
les Habitans du Pays, que quelque diligence qu'il pût faire, il
lui fut impoffible de les rencontrer.

Poul fut plus heureux ; il ne
fut pas pluftoft arrivé à Barre,
à la pointe du jour, qu'un de
fes Efpions vint l'avertir, qu'en
defcendant de la Deveze, ils
s'eftoient allez camper dans la
petite Plaine de Font-Morte,
entre deux Vallons : Il y alla,

les découvrit effectivement, &
marcha droit à eux. Les Revoltez, voyant venir une Troupe
plus petite que la leur, se pre-
parerent à la recevoir. Poul
s'avança, essuya leur premier
feu, & fondit sur eux. Ils firent
ferme quelque temps ; mais, se
sentant vivement pressez, ils
prirent la fuite, & se disperse-
rent dans les Bois, où il fut impossible de les suivre.

Il en resta quelques-uns sur
la place : la plûspart jetterent
leurs armes, pour mieux fuir.
Il y en eut plusieurs de blessez :
mais ce qu'il y eut de plus im-
portant dans cette premiere deroute des Fanatiques, c'est qu'Esprit Seguier, leur Chef & leur
Prophete, avec Pierre Nouvel,
qui commandoit sous lui, furent pris tous deux les armes
à la main, aprés avoir fait tout

ce qu'ils avoient pû , pour rallier cette canaille , plus propre à
affaffiner qu'à combattre.

C'eftoit la mefme Troupe ,
qui, dans trois jours , avoit fait
tant de ravages. Poul, qui avoit
pris lui-mefme le General Prophete , & fendu la tefte à fon
Lieutenant d'un coup de fabre ,
jugea à propos de ne confier des
Prifonniers de cette confequen-
ce à d'autres qu'à lui , & les conduifit à Florac. Chemin faifant ,
comme il n'avoit pas l'ame tendre , il s'avifa de dire à Efprit
Seguier : *Et bien , malheureux ,*
prefentement que je te tiens , aprés
les crimes que tu as fais , com-
ment t'attens-tu d'eftre traité ?
Comme je t'aurois traité toy-mef-
me, fi je t'avois pris, répondit
le Prophete feroce. Cette réponfe , & d'autres actions,
que je rapporterai dans la fui-

te, ont fait prendre, aux Igno-
rans, la ferocité brutale de nos
Fanatiques, pour la noble in-
trepidité des Heros. Ces deux
Scelerats furent jugez à Florac,
avec un autre, qu'on y avoit
aussi amené. Esprit Seguier fut
bruslé vif, au Pont de Mont-
Verd : Pierre Nouvel fut roüé,
à la Deveze : le troisiéme, qui
estoit moins coupable, fut pen-
da à saint André de Lancize, &
cinq autres de la mesme Troupe,
qui avoient esté pris, & conduits
à Alais, furent jugez par M. de
Basville, & executez en differens
endroits des Cevenes : ainsi, tous
les Lieux qui avoient esté les
témoins de leurs crimes, le furent de leurs chastimens, & virent allumer des buchers, &
dresser des échafaux pour les
punir, presque dans le mesme
temps que les Eglises, qu'ils
avoient

avoient bruflées, fumoient encore, & que la Terre eftoit teinte du fang innocent qu'ils avoient répandu.

Cette deroute, ces exemples, & la prefence de M. de Broglie, & de M. de Bafville, raffurerent le Pays, & intimiderent les Fanatiques. La plupart, qui n'eftoient point connus, fe retirerent dans leurs Maifons, & y demeurerent tranquilement, comme s'ils n'avoient rien fait: les plus coupables s'allerent cacher dans les plus fecretes cavernes des Montagnes; & quoique pendant trois jours, on fift des détachemens, qui battoient fans ceffe la campagne de jour & de nuit, on ne vit plus de Gens attroupez, & les defordres cefferent.

Le calme fembloit eftre revenu; les Curez qui avoient

F

fuy, retournoient dans leurs Paroisses ; les Catholiques revenoient de leur frayeur ; & les Religionnaires consternez, paroissoient n'oser plus rien entreprendre. Dans cette situation, M. de Broglie, qui, par la raison que nous avons déja dite, croyoit dangereux de trop alarmer le pays, fut extremement surpris, à son retour de Saint Germain, de trouver au Pont Mont-Verd, M. le Comte de Peire Lieutenant general de la Province, avec toute la Noblesse de ces cantons, à la teste d'une petite Armée de prés de deux mille hommes, dont la marche pouvoit avoir contribué, à faire cacher les Revoltez ; mais qui pourtant, quoiqu'ils eussent accouru au secours avec toute la diligence possible, n'estoient arrivez, que

dans le temps qu'il n'y avoit
plus d'Ennemis en campagne.

On eſtoit alors dans le fort
de la moiſſon ; la plufpart de
ces Troupes en avoient eſté ti-
rées : elles eſtoient abſolument
inutiles, & fouloient les Lieux
où elles paſſoient ; ainſi, M. de
Broglie, aprés avoir remercié
ceux qui les avoient amenées,
crut les devoir congedier, &
renvoyer chez eux des gens qui
y eſtoient neceſſaires, & dont
il n'avoit plus beſoin.

Cependant, comme dans la
ſuite les choſes tournerent autrement qu'on n'avoit lieu de
croire ; & que les bons & les
mauvais ſuccés tombent ordinairement ſur ceux qui com-
mandent, il y eut des gens qui,
quelque temps aprés blamerent
M. de Broglie, de s'eſtre privé
de ce ſecours : mais, quoiqu'on

ait pû dire, il eſt certain que
la Prudence vouloit alors, qu'on
renvoyaſt des gens qui eſtoient
à charge au Pays, & qui, par
leur nombre, répandoient dans
la Province une image de Guerre civile, que les Malintention-
nez regardoient avec plaiſir
dans le cœur du Royaume, tandis que les Armées eſtoient aux
mains au dehors.

Quoique, par la fuite des
Revoltez, & la ceſſation des
deſordres, il ſemblaſt que l'orage eſtoit entierement appaiſé,
M. de Broglie & M. de Baſville ne ſe fierent point à ce
calme; ils eſtoient trop bien
inſtruits des mauvaiſes intentions des Religionnaires, & par
ce qu'ils voyoient eux meſmes,
& par leurs Eſpions, qui les
tenoient continuellement avertis de ce qui ſe tramoit de plus

secret dans le pays : Ainfi comme les Villages du Pont Mont-
Verd, du Colet, des Ayres,
de Barre, & du Pompidou,
eftoient, pour ainfi dire, les
clefs des Cevenes, ils établirent
en chacun de ces lieux là, une
Compagnie de Fufiliers, avec
ordre à ceux qui les commandoient, d'obeir à Poul, qui, depuis la deroute de Font-Morte,
eftoit devenu la terreur des Fanatiques.

Ce ne fut pas la feule precaution qu'ils prirent ; ils fçavoient que la Guerre, qui avoit
donné aux Habitans des Montagnes, l'audace de fe foulever,
avoit auffi fait prendre à ceux
de la Plaine, la licence de convoquer des Affemblées : Et, afin
de contenir en mefme temps
les uns & les autres, ils tirerent,
des Garnifons de Nifmes, de

Sommieres, d'Ayguemortes, &
de Montpelier, des détachemens, qu'ils posterent à Uchau,
à Coudognan, au Cayla, & à
Calvisson, & donnerent des ins-
tructions par écrit à ceux qui
les commandoient, avec ordre
d'exécuter ce qui leur seroit ordonné par Saint-Cosme, Colonel d'un Regiment de Milice,
& Inspecteur de ces Cantons.

Les desordres avoient commencé le 25 de Juillet, le 28,
tout fut tranquile ; le 2 d'Août
ces postes furent garnis: il n'estoit pas possible de faire plus de
diligence, ni de prendre plus
de précautions. Cependant le
pays, que l'on avoit à contenir,
estoit si vaste, & si favorable
aux Revoltez, par ses Bois, ses
Montagnes, & encore plus par
les mauvaises dispositions de ses
Habitans, qu'il estoit impossi-

ble de le garder par tout éga-
lement, avec le peu de Troupes que l'on avoit alors ; ainsi
pour ne rien negliger, ils en-
voyérent des Armes & des Munitions de Guerre aux Lieux les
plus exposez, avec ordre aux
Communautez d'armer au besoin les Catholiques, d'agir
de concert avec ceux qui commandoient les Milices & les
Détachemens, & de veiller
tous ensemble à la sureté publique.

Malgré toutes ces precau-
tions, ils jugerent bien, qu'on
ne seroit pas long-temps sans entendre parler des Fanatiques,
& sans voir de nouveaux Spec-
tacles ; c'est pourquoi, ils crurent devoir avertir la Cour du
danger dont la Province estoit
menacée, & de ce qu'ils avoient
fait pour le prevenir ; & leur

conduite y fut entierement approuvée.

Ils alloient cependant eux-mesmes par tout ou leur présence estoit necessaire, exhortant les uns, menaçant les autres. A leur exemple, chacun estoit attentif à son devoir : on faisoit bonne garde aux Postes ; les Partis battoient jour & nuit la Campagne, pour empescher les Assemblées, desarmer les Gens suspects, chercher & arrester les Coupables, qui avoient esté dénoncez par ceux qu'on avoit punis : Et la Chambre de Florac, & M. de Basville, jugeoient sans cesse les Prisonniers qu'on leur amenoit de tous costez.

Tandis que tous ceux qui veilloient à la tranquilité publique, estoient en action dans la Province, pour empescher de

nouveaux foulevemens , les Fanatiques , qui avoient efté feulement étourdis du coup qu'on
leur avoit porté , formoient,
dans les Cavernes où ils s'eftoient cachez de nouveaux Projets de revolte. L'on avoit crû,
que les executions terribles
qu'on venoit de faire des plus
Scelerats , auroit fait perdre aux
autres l'envie de les imiter ; mais
on avoit à faire à des Fols , fur
qui les exemples ne faifoient
rien , & que les gibets, les rouës,
ni les buchers ne pouvoient rendre Sages. On apprit mefme
par la fuite, qu'on avoit par-là,
irrité le mal , au lieu de le gue-
rir ; parce que ces Furieux s'allerent folement mettre en tefte,
qu'ils eftoient en droit d'ufer
de represailles fur tous les Ca-
toliques qui tomboient entre
leurs mains.

Comme ils s'apperçurent qu'on
veilloit de prés sur leur conduite, ils tinrent leurs desseins
plus cachez. Les Emissaires
qu'ils envoyoient de tous costez,
pour rassembler secretement
ceux qu'ils sçavoient estre de leur
parti, & pour en débaucher
d'autres, n'alloient que de nuit,
& par des routes qui n'estoient
connuës qu'à ceux du pays.
Quand ils virent que, par leurs
sourdes pratiques, leur nombre
alloit considerablement grossir
de la jonction de tous les Fanatiques & de tous les Seditieux de leur connoissance, ils
firent dessein de se diviser en
diverses troupes, soit pour subsister plus facilement, soit pour
faire des ravages en divers lieux
à la fois, & obliger les Troupes Catholiques à se diviser aussi.

Il y avoit alors dans le pays

un fameux Scelerat, nommé Laporte, il avoit esté Disciple de Vivens, &, comme Brousson, il avoit esté fait Ministre de la façon de ce Prédicant. Aprés la mort de son Maistre, il avoit fuy dans les Pays étrangers, & exercé son Ministere dans un Regiment de Refugiez. Le bruit de la déclaraion de la Guerre, & l'envie de soulever les Peuples, l'avoient fait revenir dans les Cevenes, & il s'étoit signalé parmi les Revoltez, par sa cruauté, & par son audace, au massacre de l'Abbé de Cheyla.

Ces raisons le firent choisir, pour commander la premiere Troupe, à la place d'Esprit Seguier. Il est vrai que celui-ci avoit uni en sa personne les Charges de Commandant, & de Prophete ; mais comme il n'avoit pas esté heureux, on re-

folut de les feparer, & on voulut, que Laporte fe contentât
de la premiere, & prit Salomon Couderc, pour fon homme de Revelations. Cependant,
afin de le confoler de cette di-
minution d'honneur, ou pour
donner plus de relief à fa nouvelle dignité, il fut qualifié,
Colonel du Regiment des Enfans
de Dieu.

Laporte avoit un neveu, nommé Roland, qui avoit paffé fa
jeuneffe dans un Regiment de
Dragons: il y avoit un peu appris
comment on faifoit les Enrolemens des Soldats, le choix des
Officiers, les Marches, les Atta-
ques, les Retraites, les Embuf-
cades : il eftoit d'ailleurs, auda-
cieux, cruel, infatigable. Son
Oncle fut bien aife de l'avancer,
&, en fa confideration, ou pour
les bonnes qualitez qu'on re-

connut en lui, il fut destiné pour
estre mis à la teste d'une seconde Troupe, subordonnée
pourtant à celle que commandoit son oncle, qui, par bien-
seance, retint quelque autorité sur lui.

Castanet, un des Gardes
des Bois de la Montagne de
l'Aygoal, fut choisi pour commander la troisiéme. Il estoit, à peu prés, de la taille &
de la figure d'un petit Ours,
dont il avoit d'ailleurs toute la
ferocité : mais, comme dans son
enfance, on lui avoit appris à
lire, & à écrire, & qu'il avoit
passé sa vie dans la solitude des
Forests, il avoit tasché de repa-
rer du costé de l'esprit, ce que
la nature lui avoit refusé de celui du corps, en s'appliquant dans
la retraite à étudier, la contro-
verse, & à composer mesme

des Sermons qu'il prononçoit
dans les Aſſemblées, avec tant
d'emphaſe, qu'il paſſoit parmi
les Fanatiques, pour le plus
grand de leurs Prédicans.

Tels eſtoient les trois perſon-
nages que les Revoltez choiſi-
rent pour mettre à leur teſte ;
& il eſt certain, que le fameux
Triumvirat de l'ancienne Rome,
ne fit pas autrefois plus de bruit
dans l'Italie, que ces trois in-
ſignes Scelerats, en firent alors
dans les Cevenes.

Cependant les Fanatiques, ſe
voyant bridez dans les Montagnes, par les Poſtes qu'on avoit
occupez, avant que d'oſer ſe
remettre en campagne, firent
deſſein, de fortifier leur parti,
par la jonction des Revoltez
de la Plaine. Laporte y avoit
déja fait un voyage, pour ſon-
der les eſprits, & ſçavoir quel

secours il en pouvoit efperer :
il les avoit trouvez bien difpo-
fez, mais hefitans à fe déclarer,
à caufe que les Garnifons des
Places voifines les tenoient en
crainte ; &, dans le temps qu'il
fe preparoit à leur envoyer fon
neveu Roland, pour les y folli-
citer, il fut agreablement furpris d'apprendre, par un Exprés
qui lui fut envoyé de la Vau-
Nage, qu'on avoit refolu de fe
foulever, & que cela avoit efté
ainfi arrefté, dans une Affemblée generale, qui s'eftoit tenuë
auprés de Vauvert. Roland ne
laiffa pas de partir, & de s'y
rendre avec une Lettre de fon
oncle, pour les remercier de
la refolution qu'ils avoient prife,
& hafter leur foulevement. Mais
avant que je paffe aux chofes
que j'ai à raconter, il eft neceffaire, que je donne ici une def-

cription abregée de ce pays ;
parcequ'il a esté le Theatre,
où se sont passées les sanglantes Scenes que nous verrons
bientost.

En descendant des Monta-
gnes des Cevenes, avant que
d'arriver à la Plaine qui est à
leur Midi, on trouve un long
& large Valon, rempli de tant
de Villages, qu'ils semblent se
toucher les uns les autres. Celui
de Nages qui estoit autrefois un
des principaux, a donné le nom
au Valon, & l'a fait appeller,
en langage du pays, *la Vau-
Nage*, comme qui diroit, le
Valon de Nages. Calvisson,
qui est situé au milieu, & qui
a pour Seigneurs les Descendans
de ce Nogaret, que l'Histoire
a rendu fameux, est aujourd'hui
le plus grand & le principal
Bourg de cette contrée. Du

temps que l'Edit de Nantes subsistoit, les Pretendus Reformez y comptoient une trentaine de leurs Eglises, & autant de Temples ; & à cause de cela, ou de l'agrement, & de la fertilité de ce canton, ils l'appelloient ordinairement *la petite Canaan.*

Ce Vallon est accompagné d'une grande & belle Plaine, qui a la Ville de Nismes, au Levant ; la Mer, au Midi, & la Riviere de Vidourles, au Couchant. Cette Plaine est aussi peuplée que ce Vallon : mais, comme dans l'un ni dans l'autre, il n'y a presque plus d'anciens Catholiques, le voisinage, & le commerce des Cevenes y avoient alors porté par contagion l'esprit de Fanatisme, & de Revolte, qui avoit penetré jusques dans la Ville de Nismes, dont il avoit infecté toute la Po-

pulace, & quelques-uns mesme
des principaux Habitans.

Il est aisé de juger que Roland ne fut pas plutost arrivé,
sur les Lieux, qu'il se trouva
en pays de connoissance ; &
qu'il eut le plaisir de voir, devant ses yeux, une abondante
Moisson de Fanatiques & de
Seditieux. D'abord il parcourut secretement & de nuit, tous
les Villages à sept ou huit lieuës
à la ronde : il fit par tout des
Assemblées des principaux Rebelles ; & l'on sçut quelques
jours aprés, de ceux qui s'y estoient trouvez, qu'il leur avoit
representé en Homme de Guerre, & en Homme de Revela-
tions, car il estoit l'un & l'autre : *qu'il s'agissoit de la Cause
de Dieu, & de la Délivrance de
son Eglise : qu'ils retireroient mille
avantages de leur jonction avec*

leurs Freres des Montagnes : qu'ils
y trouveroient des Bois & des
Cavernes pour se retirer ; des Ha-
maux & des Maisons champes-
tres, pour se nourrir ; que mesme,
dans la Saison où l'on alloit entrer,
les Chastaignes seules, qui estoient
prestes à tomber des Arbres, &
les Fontaines qui couloient par
tout, leur fourniroient abondam-
ment dequoi subsister ; qu'ainsi,
ils ne fussent en souci de rien :
que l'Esprit lui avoit dit ; que le
Ciel feroit des Miracles en leur
faveur; que pour lui, il feroit son
devoir dans les Expeditions Mi-
litaires ; qu'il n'y estoit pas no-
vice ; & que, selon les occasions,
il sçauroit profiter de l'avantage
des Lieux, ou pour attaquer, ou
pour se rallier, ou pour se retirer
en bon ordre.

Enfin, ce Prophete Dragon
les exhorta si bien, & leur donna

ſi bonne opinion de lui, qu'ils
le prierent de ſe mettre à leur
teſte, & de les mener où il voudroit. Il accepta ce parti : mais
il leur fit comprendre qu'il falloit encore attendre quelques
jours, afin que tous les Revoltez ſe puſſent ſoulever à la fois.
Cependant il commença à faire
des Enrolemens, à choiſir des
Officiers, & à cottiſer les Religionnaires, qui ne pouvoient
pas porter les Armes; afin que
ceux qui n'auroient point de
part aux perils, contribuaſſent
au moins aux frais de l'Arme-
ment, & à la ſubſiſtance des
Troupes qu'on alloit mettre en
campagne.

Comme les Fanatiques n'agiſ-
ſoient que de nuit, & que tous
les Habitans du pays, qui eſtoient à leur devotion, gardoient un profond ſilence ſur

leurs démarches, toutes ces chofes furent concertées par eux,
avec tant de fecret, qu'il fut
alors impoffible de découvrir
leurs deffeins ; ils eurent mefme
la precaution de faire courir le
bruit, que les Chefs de leur parti, avoient pris la fuite, & eftoient allez du cofté de Mar-
feille, dans le deffein de s'y em-
barquer, & de ne plus revenir,
afin de faire croire, qu'ils ne
fongeoient plus à fe foulever.

Cependant, malgré toutes les
precautions qu'ils prenoient
pour cacher leurs deffeins, ceux
qui veilloient à la tranquilité publique les obfervoient de fi prés,
qu'ils découvrirent deux de ces
Affemblées nocturnes, que les
Religionnaires faifoient, à ce
qu'ils difoient, pour prier Dieu ;
mais dans lefquelles ils formoient toujours les Projets de

revolte, & de massacres, qu'ils
executoient ensuite. La premiere
fut convoquée à Vauvret, &
dissipée par Bonafous, Capitaine de Milice. La seconde
fut convoquée dans le Bois de
Candiac, & dissipée par Guil-
leminet, Capitaine d'une Compagnie de Fusiliers ; ils y firent
l'un, & l'autre des Prisonniers,
qui furent punis, mais qui ne
découvrirent point les desseins
de leurs Freres.

Saint - Cosme, parent du
Comte de Calvisson, estoit celui de tous les Colonels de Milices, qui connoissoit le mieux
les mauvaises intentions des Habitans de la Vau-Nage, & qui
veilloit le plus exactement sur
leur conduite. Il estoit vif, agis-
sant, & zelé pour le service
du Roy, qui l'avoit gratifié depuis long - temps d'une pension

de 2000 livres. C'eſtoit lui qui avoit découvert les Aſſemblées dont nous venons de parler, & qui avoit eſté cauſe, qu'on les avoit diſcipées. Outre cela, en qualité d'Inſpecteur des Nouveaux-Convertis de ces cantons, il les avoit fait deſarmer. Ces choſes irriterent ſi fort les Rebelles contre lui, que, quoiqu'ils n'oſaſſent pas encore reprendre les Armes ouvertement, ſa mort fut auſſitoſt reſoluë, & les Aſſaſſins mis ſecretement en campagne.

Un Fanatique des plus renommez du pays, appellé Bouſanquet, ſe chargea de le tuer, fit choix, pour lui ayder, de huit ou dix jeunes Hommes, de meſme trempe que lui ; & le 13 d'Août 1702, jour de Dimanche, ces Scelerats ayant ſçu, qu'il viſitoit les Poſtes où l'on

avoit mis des Détachemens,
& qu'il devoit difner à Vauvert,
ils s'y rendirent tous feparement
de differens endroits , & fe joi.
gnirent dans un Cabaret. Comme, ces jours là, c'eft la coûtume
des Gens de Village , de s'y affembler , & qu'ils ne portoient
aucunes Armes , on ne fe douta
de rien. Cependant, de la Chambre où ils eftoient , Boufanquet
ayant veu paffer dans la ruë celui qu'ils cherchoient , dit à fes
Satellites , ces propres paroles,
ainfi qu'on le fçut quelques jours
aprés de deux d'entr'eux qui
furent pris : *Mes Freres , voilà
noftre ennemi qui paffe , demandons
à Dieu fi c'eft fa volonté qu'il foit
tué par nous.* Alors la Troupe de
ces Meurtriers fe mit en prieres,
le Prophete trembla, tomba par
terre , demeura affoupi quelques
momens, & puis , s'eftant relevé,

il

il leur dit, *que l'Efprit venoit de lui declarer, qu'il falloit tuer M. de Saint-Cofme.*

Il n'en fallut pas davantage pour les determiner. Ils le fui- virent fur les quatre heures du foir, lorfqu'il partit de là, pour s'en retourner chez lui au Chaf- teau de Boiffieres ; & , prenant le temps qu'il avoit fait arref- ter fa Chaife roulante, & qu'il en eftoit forti, quatre fe faifi- rent, tout d'un coup, des armes qu'il y avoit laiffées, fe jette- rent fur lui, & le maffacrerent ; tandis que les autres fe jette- rent auffi fur un Valet à che- val, qu'ils laifferent pour mort fur le grand chemin, & qu'un petit Laquais, qui menoit la Chaife, fe fauva tout effrayé, en criant au fecours, qui n'ar- riva pourtant qu'aprés que le coup fut fait, & ne fervit que

G

pour emporter le corps de son
Maistre, où il avoit eu dessein
d'aller. Bousanquet & deux ou
trois de ses Complices, furent
pris quelques jours aprés, & ex-
pierent sur la roüe, le crime
qu'ils avoient commis.

Cependant les Rebelles s'ar-
resterent alors à cet assassinat,
& ne pousserent pas plus loing
leur fureur. On ne sçavoit encore rien, ni du Projet qu'ils
avoient fait de reprendre les
Armes, ni du choix de ceux
qui les devoient commander,
ni des differentes Troupes qu'ils
avoient resolu de mettre aux
champs, ni de la jonction des
Revoltez de la Plaine, avec
ceux des Montagnes. M. de Basville, qui connoissoit le Pays,
& les mauvaises intentions des
Habitans, ne laissoit pas de
soupçonner qu'il se formoit en

secret quelque orage qui écla-
teroit bientost ; il s'en expli-
quoit ainsi dans les Lettres qu'il
écrivoit à la Cour ; & il estoit
sans-cesse appliqué à penetrer
les desseins des Fanatiques.

Mais il avoit beau faire, les
Espions qu'il avoit par tout,
l'avertissoient bien des mouvemens des Rebelles ; mais on ne
pouvoit penetrer leurs desseins
secrets. Ceux qui estoient pris
& punis, ne parloient point : les
génes, les gibets, les roües,
ne pouvoient leur arracher une
seule parole, dont on pût tirer
le moindre éclaircissement, parceque tel est le caractere de l'esprit humain, que le faux en-
testement, & la folie, lui donnent la mesme constance, & la
mesme fermeté, que la foy éclai-
rée, & la veritable sagesse : ainsi,
il estoit impossible de sçavoir rien

de precis ; & il sembloit mesme, qu'avec les precautions qu'on avoit prises, il n'y avoit plus à craindre de soulevement general.

Une raison, que nous avons déja touchée, empeschoit les Revoltez de se remettre en campagne : ils estoient attentifs, à leur ordinaire, aux affaires du dehors, pour regler sur elles leurs mouvemens : ils attendoient une occasion favorable, & elle ne se presentoit pas encore ; au contraire, tout ce qu'ils apprenoient du succés de nos Armes, leur abbatoit le courage. Le Roy d'Espagne venoit de passer la Mer, commandoit en personne l'Armée d'Italie, & remportoit tous les jours des avantages sur ses ennemis. Le Marquis de Villars, depuis fait Mareschal de France, avoit passé le Rhein, battu le Prince Louis de Bade, & faisoit trembler l'Allemagne. Par tout ailleurs le Ciel favorisoit encore la justice de nos Armes ; & nos prosperitez au dehors, faisoient craindre aux Rebelles d'estre accablez au dedans, s'ils prenoient ce temps-là, pour se soulever ouvertement.

Ainsi pendant les premiers jours du mois de Septembre, ils se contenterent de faire en plusieurs lieux à la fois des Assemblées de Religion, si l'on peut donner ce nom à des attroupemens nocturnes de Gens armez. Ils en firent trois alors, presque en mesme temps, de deux ou trois cent personnes, à Vabre, en Vivarez ; à Caveirac, dans le Diocese de Nismes, & à Mondagout, dans celui d'Alais. C'estoit là, que

leurs Predicans se signaloient
par de longs Discours, qui rou-
loient ordinairement, comme
on l'apprenoit de ceux qui s'y
estoient trouvez, sur des Invec-
tives grossieres contre l'Eglise
Catholique ; des Exhortations
à desobéir aux ordres du Roy,
& des Imprecations contre les
Curez, & contre les Eglises.
C'estoit là, qu'après que les
Predicans avoient joué leur rô-
le, les faux Prophetes, de l'un &
de l'autre Sexe, joüoient le leur
à leur tour ; &, en fanatisant,
inspiroient à ces Furieux les
massacres des Prestres & des
Anciens Catholiques, les incendies, & les pillages des Saints
Lieux.

Ces trois Assemblées, & quelques autres, qu'ils firent aussi
alors, furent découvertes & dis-
cipées, par la vigilence de M.

de Broglie, qui, jour & nuit, envoyoit des Détachemens de tous coſtez. On y prit des Predicans & des Fanatiques, qui furent punis ; & M. de Baſville, qui eſtoit ſur les Lieux, donnoit toute ſon application à prevenir l'orage qu'il apprehendoit.

Juſques là cependant, quelque envie qu'ils en euſſent, ils n'avoient encore oſé ſe mettre aux champs, & reprendre les Armes ouvertement : mais vers la fin de ce mois, il ſemble que l'échec, que nous eumes à Vigo, leur donna l'audace de faire quelque choſe de p'us que de preſcher la revolte : en effet, la nouvelle de la perte que nous y fimes, ne fut pas pluſtoſt répanduë, que les trois Troupes des Revoltez, commandées, par Laporte, Ro-

land , & Castanet , marcherent
tambour battant , & ne garde-
rent plus de mesures : car il est
remarquable que ce malheur
arriva le 23. de Septembre , &
que huit ou dix jours aprés ,
ces Scelerats recommencerent
à faire des ravages.

Le pays , que l'on avoit à
garder , estoit de quarante lieuës
d'étenduë , depuis le Saint-Esprit jusqu'à Mende : il estoit
rempli de Montagnes , de Bois,
de Cavernes , & de Hameaux ,
qui estoient les Tanieres de ces
Monstres. Les lieux , dont on
pouvoit tirer du secours , comme Alais, Saint - Hipolite, &
les autres, estoient extremement
éloignez. Nous n'avions que
quelques Compagnies de Fusiliers, & des Milices Bourgeoi-
ses, qui n'osoient regarder les
Fanatiques , dont les cruau-

tez recentes , avoient jetté
par tout l'épouvante. Les Détachemens que l'on avoit mis
dans les Postes que nous avions
occupez , garantirent verita-
blement les gros lieux des Cevenes de cette premiere irrup-
tion des Revoltez ; mais il fut
impossible d'empescher que les
Parroisses champestres, & éloi-
gnées de toute défense, ne fussent exposées à leur fureur.

Ils se rüerent d'abord, & toujours de nuit , les uns, sur celle
de Saint Privat de Vallongue ,
& les autres, sur celle de Saint
Hilaire de Lavit : ils y pillerent les Eglises & les Maisons
Curiales : ils y mirent le feu,
& les flames reduisirent en cendres ce qu'ils ne purent emporter. Cinq ou six autres Parroisses écartées, & eloignées
des habitations, eurent le mes-

G v

me fort ; & le sang des Prestres
& des Anciens Catholiques, qui
recommença à couler, suivit de
prés les incendies de leurs Maisons, & de leurs Eglises.

Le Prieur de Saint Martin
de Bobaux, homme fort âgé,
& Pasteur brûlant de zele, qui
ne voulut point abandonner
son Troupeau : Gardez, qui
avoit long-temps travaillé pour
la Religion, sous l'Abbé de
Cheyla : Jourdan, Capitaine de
Milice, qui s'estoit attiré l'indignation des Rebelles, parce
qu'il avoit tué le fameux Vivens, & quelques autres encore,
furent alors massacrez ; les uns,
par la Troupe de Laporte, les
autres, par celle de Roland, &
de Castanet.

Ces incendies, ces pillages,
& ces meurtres répandirent de
nouveau, l'allarme dans le pays ;

& les Curez effrayez, reprirent la fuite, pour fe mettre à l'abri de l'orage qui éclatoit de tous coftez. Au premier bruit de ces mouvemens, M. de Baſville fe rendit à Alais, aprés avoir jugé, & fait executer Mondagout, & Abraham Pouget, fameux Predicans, & grands Scelerats : Et M. de Broglie monta dans les Hautes-Cevenes, aprés avoir donné ordre aux Colonels des Milices ; aux Officiers des Détachemens ; à Poul, & à tous ceux des Catholiques, à qui il avoit fait prendre les armes, de marcher ; il marcha lui-mefme, & de tous coftez on fe mit à la quefte des Fanatiques : on les couroit par tout, comme on court les loups enragez ; mais on ne fçavoit où courir, pour les rencontrer. Les ravages, qu'ils

avoient fait en divers lieux à la
fois, firent connoiſtre, qu'ils s'eſtoient ſeparez : on ſe ſepara
auſſi ; mais ce fut inutillement :
quand on croyoit les tenir en
un lieu où ils avoient paru, ils
s'échapoient à travers les Bois,
& les precipices des Montagnes,
par des Sentiers qui n'eſtoient
connus que par eux , & alloient
paroiſtre ailleurs. Tous les Habitans de ce pays ſauvage les
tenoient continuellement avertis de nos mouvemens, & ne
nous donnoient aucuns avis des
leurs , ou nous en donnoient
de faux : il y en eut meſme
quelques-uns, qui, eſtant preſ-
ſez par nos Partis, de leur déclarer , ce que l'on eſtoit certain qu'ils venoient de voir , ay-
merent mieux ſe faire tuer, que
de parler.

Outre ces avantages, qu'ils

avoient pour éviter les Troupes qui les cherchoient, ils se
servoient aussi quelquefois de
ruses, pour n'estre point surpris
dans leurs expeditions nocturnes : ainsi lorsqu'ils eurent fait
dessein d'aller au Colet, où ils
sçavoient qu'il y avoit une Compagnie de Fusiliers, ils firent
rendre une fausse Lettre au Capitaine, par laquelle on lui donnoit avis, qu'il se devoit faire
une Assemblée ce mesme jour
à neuf heures du soir, en un
lieu qu'on lui marquoit, afin
qu'il y allast ; ce qu'il fit en effet : & deux heures aprés, ils
se rendirent au lieu qu'il venoit
de quitter. Il y avoit là un
Temple des Religionnaires, qui
estoit le seul des Cevenes qui
n'avoit pas esté démoli, parce
que la Marquise de Portes avoit
dessein d'en faire un Hospital,

suivant la permission qu'elle en
avoit eu de la Cour : ils y pref-
cherent ; & après y avoir fana-
tifé à leur aife toute la nuit,
ils pillerent & bruflerent l'Eglife , les Maifons du premier Con-
ful , du Capitaine, & du Curé,
qu'ils avoient refolu de maffa-
crer, mais qui avoit eu le temps
de fe fauver ; & fe retirerent
avant le jour, prenant leur route du cofté de Coudouloux,
dans le deffein d'y en faire autant.

Poul fe trouva heureufement
de ce cofté-là : il eftoit allé à
Saint Germain , pour faire ra-
fer quelques Maifons des Rebelles : il trouva le lieu en allarme de ce qui venoit d'arriver au Colet : il fut prié par
le Maire , & par les Habitans
de s'y arrefter, pour les deffendre ; mais il jugea plus à pro-

pos, d'aller chercher les Revoltez, que de les attendre.
Il envoya aussitost ordre au Capitaine, qui estoit à Ayres, de
se rendre au Colet avec sa Compagnie : celle de l'Officier qui
en avoit esté tirée par le strata-
gême des Rebelles, y estoit re-
venuë : Poul s'y rendit avec
la sienne ; & ces trois Compagnies, fortifiées d'une vingtaine
de volontaires, à la teste des-
quels estoit un jeune Gentil-
homme nommé Gibertin, s'u-
nirent, & marcherent droit aux
Fanatiques. Ils n'eurent pas mar-
ché deux heures, qu'ils les trouverent campez avantageuse-
ment parmi des Bois de Cha-
taigners, sur une hauteur, au
pied de laquelle il y avoit une
petite Plaine, appellée *le Champ
Dommergue*. C'estoit la Troupe de Laporte, la plus nom-

breufe, & la plus redoutable de
toutes. Poul, les ayant découverts, fit faire halte à fes Gens,
pour leur faire prendre haleine,
& les difpofer au combat. Le
General Fanatique, qui les avoit
veu venir, remarquant qu'ils
s'arreftoient, crut qu'ils avoient
peur ; cela lui donna le courage de les attendre, & de fe
fe ranger en bon ordre : il con-
fulta fon Prophete Salomon,
qui lui promit la victoire ; &
dans le temps qu'ils entonnoient
un Pfeaume, parmi eux fignal
ordinaire de carnage, on fondit fur eux. On effuya leur feu
de fort prés, & on les chargea
vivement : ils foûtinrent noftre
premier choc avec beaucoup de
fermeté ; tant il eft vrai que la
folie donne de la valeur : mais
enfin, voyant tomber leurs Gens
par terre de tous coftez, parce

que les nostres ne tiroient qu'à propos, ils prirent la fuite, & se sauverent en desordre dans les Bois, & dans les precipices des Montagnes, où il y avoit presque autant de peril à les suivre, qu'il y en avoit eu à les vaincre.

Il en demeura une trentaine sur la place ; le Prophete fut trouvé parmi les morts ; plusieurs furent blessez, & jetterent leurs armes : on y fit des Prisonniers, qui furent conduits à Alais, & jugez par M. de Basville, qui les envoya executer en divers Lieux, pour répandre par tout l'exemple des chastimens. Il n'y eut en cette occasion aucun des nostres de tué ; nous y eumes seulement quelques blessez. Poul, à son ordinaire, s'y signala par sa conduite, & par sa valeur :

Gibertin s'y diſtingua avec ſes Volontaires : il y fut bleſſé dan-gereuſement de deux coups de fuſils ; & quelque temps aprés, pour recompenſe , il fut fait Lieutenant de la Compagnie de Dragons qu'on donna à Poul.

Cette deroute, & ces exem-ples, qui devoient allarmer les Fanatiques, les rendirent en-core plus furieux : ils repare-rent promptement la perte qu'ils venoient de faire, par des Recruës de Scelerats ; le pays leur en fourniſſoit plus qu'ils n'en vouloient : ils remplace-rent les Armes qu'ils avoient perduës, par celles qu'ils vole-rent de tous coſtez : ils ſe par-tagerent les quartiers des Ce-venes qu'ils devoient aller ſac-cager. Une de leurs Troupes deſcendit du coſté d'Alais : l'autre monta au Pont de Mont-

Verd : la troifiéme marcha au
Pompidou, & à Barre. Ils por-
roient par tout le fer & le
feu ; & on les fuivoit à la trace
du fang des Curez, & des em-
brafemens des Eglifes.

M. de Broglie couroit en-vain
jour & nuit aprés ces enragez :
c'eftoit lui principalement qu'ils
fuyoient ; il ne pouvoit faire un
pas, dont ils ne fuffent auffitôft
avertis : il les chaffoit devant
lui ; mais il ne pouvoit les joindre : quand il marchoit d'un
cofté, ils faifoient leur coup de
l'autre : les Partis, les Détachemens, qu'il envoyoit fans-
ceffe aprés eux, avoient le mefme fort, & n'arrivoient ordinairement fur les lieux, que
pour eftre les tefmoins des ravages qu'ils venoient d'y faire.

L'horreur & l'épouvante reg-
gnoient par tout ; tout le pays

estoit en proye à la fureur des Fanatiques : on n'y voyoit de tous costez que des Familles Catholiques errantes, & des Prestres fugitifs, qui abandonnoient leurs Maisons, & leurs Parroisses champestres, pour aller chercher des asiles dans les gros Lieux des Cevenes.

Ce fut alors que les Parroisses, de Saint Laurens, de Saint Jullien, de Bagars, de Soustelle, de Saint Paul, de la Melouze, de Saint Frezal, & de Saint Privat, furent saccagées : les Eglises, les Maisons des Curez, & des Anciens Catholiques, y furent pillées, & bruslées : tous les Prestres, & generalement tous ceux qui n'estoient point de leur parti, & qui avoient le malheur de tomber entre leurs mains, y furent massacrez; & l'on n'entendoit parler de

tous costez, que de meurtres
& d'incendies.

Ceux qui disent que, si on
s'y estoit bien pris au commencement de ces desordres, on
auroit pû les reprimer, & en
prevenir les suites, n'ont jamais
fait reflexion, ni aux precautions que l'on avoit prises, ni
au vaste & difficile pays que
l'on avoit à garder, ni aux mauvaises intentions de tous ses
Habitans, ni au peu de mechan-
tes Troupes que l'on avoit alors,
ni principalement à la nature
de cette revolte, qui n'a peut-
estre jamais eu d'exemple.

Car ce n'estoit pas ici des Troupe de Rebelles qui fussent toûjours assemblées en grand nombre, comme on a veu du temps
des Anabaptistes, lesquels a-
voient un Camp, qu'on appelloit
le Camp de l'Eternel: alors on pou-

voit toujours sçavoir où, & combien, à peu prés, ils estoient ;
preparer des forces, pour les
aller combattre ; & on en venoit ordinairement à bout par
une seule action. C'estoient ici,
comme on le sçavoit de ceux
qui estoient pris, des Troupes
de Revoltez qui demeuroient
toujours assemblez en petit nombre ; afin de se pouvoir cacher,
& subsister plus facilement :
mais qui grossissoient, par la
jonction de plusieurs Scelerats,
qui les alloient joindre, lorsqu'ils avoient resolu de faire
quelque expedition, & qui, lorsqu'elle estoit faite, se retiroient
chez eux, où, sans pouvoir estre
connus, ils reprenoient tranquilement leurs ouvrages jour-
naliers, aprés avoir passé les
nuits, dans les massacres &
dans les incendies ; ainsi c'es-

toit tout un pays, qui estoit revolté, sans le paroistre ouvertement; qui avoit des restes de Rebelles, toujours armées, & toujours subsistantes, auquelles il fournissoit des bras dans les occasions, & puis les retiroit dans son sein, sans qu'il fût possible, de prevoir leurs coups, ni de sçavoir ce qu'ils estoient devenus, aprés qu'ils les avoient faits.

M. de Broglie, & M. de Basville, qui connoissoient parfaitement toutes ces choses, jugerent dés-lors, que le mal estoit plus grand que tous les remedes qu'ils y pouvoient apporter : avec des Milices, qui trembloient au seul nom des Fanatiques, ou des Troupes nouvellement levées, qui n'avoient ni habits, ni armes, & ne valoient gueres plus que les Mi-

lices. Ils ne cefferent donc de
demander à la Cour de bonnes
Troupes, pour oppofer à des
Furieux, que l'efprit de Fanatifme rendoit intrepides ; & à
qui le moindre avantage, remporté par la lâcheté des nô-
tres, enfloit le courage, & grof-
fiffoit la Troupe des Revoltez.

Et il eft certain que, fi au
commencement de cette revolte, on eût eu des Troupes reglées & aguerries, qui n'euffent
laiffé prendre fur elles, à cette
canaille, aucune fuperiorité, on
auroit éteint tout d'un coup
le mal dans fa naiffance, comme on vient de le voir dans le
dernier foulevement du Vivarez : car lorfque les troubles
commencent, les méchantes
troupes nuifent plus qu'elles ne
fervent ; parceque rien n'eft plus
dangereux que de laiffer prendre

dre cœur à des Revoltez, fur
tout à des gens du caractere de
ceux-ci, qui s'imaginent enfuite, que le Ciel les favorife dans
tout ce qu'ils entreprennent.

Cependant M. de Broglie &
M. de Bafville écrivirent, & re-
prefenterent en vain, combien
il eftoit neceffaire d'avoir des
Troupes fur lefquelles on pût
s'affurer ; combien le mal eftoit
preffant ; combien il eftoit à
craindre qu'il n'augmentât par
la revolte du Vivarez, pays dangereux, & voifin des Cevenes : &
combien enfin il eftoit impor-
tant d'affoupir ces mouvemens,
avant que les Armées fe remif-
fent en campagne au Printemps
prochain ; & tandis que le froid,
& les neges de l'hyver, où l'on
alloit entrer, obligeroient les
Revoltez à fe retirer dans les
Villages, où il feroit plus aifé

H

de les surprendre, que lorfqu'ils pouvoient fe tenir aux
champs.

La guerre eſtoit alors trop
allumée ſur nos Frontieres, &
la France eſtoit attaquée par
trop d'ennemis au dehors, pour
s'y pouvoir priver des Troupes
qui euſſent eſté neceſſaires,
pour calmer les troubles, dont
elle eſtoit agitée au dedans.

Il fallut qu'ils ſe paſſaſſent
des ſecours qu'ils demandoient,
& qu'ils cherchaſſent dans la
Province meſme dequoi arreſter ces deſordres : ils n'oublie-
rent rien pour cela. M. de Broglie redoubla ſa vigilence & ſon
activité : il ne quitta plus les
Hautes-Cevenes : il établit ſa
reſidence à Saint Jean de Gar-
donnenque, pour eſtre à portée de courir où il feroit neceſ-
ſaire ; de là, il viſitoit ſans-ceſſe

les Poſtes, cherchant lui-meſme de jour & de nuit les Troupes des Revoltez, dans les Bois
& dans les Montagnes : encou-
rageant les Milices, en leur
donnant l'exemple de ce qu'elles avoient à faire : exhortant
les Communautez fidelles à per-
ſiſter dans leur devoir, par l'eſperance d'eſtre recompenſées ;
& menaſſant les autres d'une
ruine totale, ſi elles continuoient
à favoriſer les Rebelles : par
tout où il eſtoit les Fanatiques
n'oſoient rien entreprendre ;
mais il ne pouvoit eſtre par tout.

M. de Baſville de ſon coſté,
donna des Ordonnances, qu'il
prit ſoin de faire publier dans
tous les lieux des Cevenes : par
ces Ordonnances, il mit les
Curez, les Egliſes, & les anciens Catholiques, ſous la garde
des Communautez ; enjoignant

aux Maires, aux Conſuls, & ſur-
tout aux Religionaires, de veiller
à leur ſureté, & à leur deffen-
ce, à peine d'en répondre en
leur propre : il ordonna auſſi
aux Communautez de faire
dans tous les lieux, une recherche exacte de tous ceux qui,
ſans cauſe legitime, s'abſente-
roient de leurs Maiſons, pour
quelque peu de temps que ce
pût eſtre ; & de l'en avertir
auſſitoſt. Ces Ordonnances furent executées par tout, & à la
rigueur : pluſieurs Communautez firent leur devoir ; & on lui
porta de tous coſtez des Memoires de ceux qui s'eſtoient
abſentez de leurs Maiſons : ce
qui lui ſervit dans la ſuite, pour
reconnoiſtre , & faire arreſter
pluſieurs Scelerats, qui, ſans
cela, auroient demeuré incon-
nus, & impunis.

Par là, on arrefta, pendant quelque temps, les ravages des Fanatiques ; parce qu'ils virent, que les maux qu'ils faifoient, retomboient fur leurs Freres, & que la plufpart des Scelerats cachez du pays, n'ofoient plus quitter leurs maifons, pour aller groffir les Troupes des Revoltez declarez, de crainte d'eftre connus, & punis.

Une chofe fufpendit encore alors pour quelques jours la fureur des Revoltez. Ils furent avertis qu'à Geneve les Minif. tres de cette Ville avoient declamé fortement dans leurs Prefches, contre les maffacres qu'ils faifoient dans les Cevenes : & il eft certain que cette fage Republique, quelque zele qu'elle ait toujours eu pour les progrés de fa Religion, n'a jamais approuvé les rebellions des Religionai-

H iij

rés de ce Royaume, & a regardé, comme nous, avec horreur,
les excés où se sont portez les Fanatiques. Cet avertissement, qui
leur vint d'un lieu pour eux res-
pectable, fit d'abord cesser les
massacres; & l'on jugea que ce fut
la veritable cause, pour laquelle ils donnerent alors la vie à
quatre ou cinq Curez, qu'ils
avoient eu à leur discretion :
mais ils estoient trop fols, pour
se pouvoir corriger tout-à-fait ;
& trop avides du sang des Prestres, pour se priver pour toujours
du barbare plaisir qu'ils trouvoient à le répandre. Ils reprirent bien-tost leur ferocité sauvage ; & leur cruauté, quelque
temps retenuë, comme un tor-
rent qui a emporté les digues,
devint plus furieuse, & fit plus
de ravages qu'auparavant.

Les meurtres, les pillages, les

incendies recommencerent ; les
Eglises, les Maisons des Curez
& des Anciens Catholiques de
Saint Andiol, de Moissac, de
Saint Martin de Saumane, de
Sainte Croix, de Peyroles, de
Saint Roman, de Gabriac, de
Saint Marcel, de Saint Sebas-
tien, de Seyrargues, & de plusieurs autres lieux, furent exposées aux pillages, & aux flames
de ces Furieux. On ne pouvoit
plus voyager en sureté : par tout
où ils passoient on ne voyoit que
mazures fumantes & corps morts
defigurez ; & depuis le mois de
Septembre, jusqu'à la fin d'Octobre, on compta quinze Eglises brûlées, cinq Prestres & plusieurs Catholiques, massacrez
dans leurs maisons, & sur les
grands chemins.

Je dois dire ici, que chaque
troupe de ces Scelerats avoit

un Prophete principal, qui eftoit confulté fur la deftinée des
Curez, des Preftres, des Catholiques, hommes, femmes,
ou enfans, qui tomboient entre
leurs mains ; rarement ils leur
faifoient grace : mais tout ce
qu'ils decidoient, eftoit regardé
par ces fols, comme un ordre venu du Ciel, & eftoit auffitoft mis à
execution, foit pour la vie, foit
pour la mort ; foit pour le genre
des peines qu'ils inventoient,
pour faire fouffrir ceux qu'ils
maffacroient. Cependant c'eftoient les Chefs des Revoltez,
qui faifoient prononcer aux faux
Prophetes ce qu'ils avoient refolu de faire, & qui, par cette adref-
fe, faifoient executer à leurs troupes tout ce qui leur plaifoit.

J'ajouterai encore à ceci une
chofe, qui fait voir à quel excés
d'égarement eftoient parvenus

ces Infenfez ; & fur laquelle j'appréhenderois de n'eftre pas crû, fi plufieurs perfonnes de cette Province, ne fçavoient, comme moi, que tous ceux qui furent pris & interrogez, la confirmerent unanimement, & ne permirent pas d'en douter.

C'eft qu'il y avoit parmi les Fanatiques quatre differens degrez, par où il falloit paffer pour parvenir au grade le plus éminent du Fanatifme. Ils appelloient le premier, *l'Avertiffément*: le fecond, *le Souffle*: le troifié-me, *la Prophetie*; & le quatrié-me, *le Don*. Ceux qui n'avoient receu de leur Efprit que l'Avertiffement, n'eftoient pas fort confiderez, & on les regardoit feulement comme des Pretendans, & des Initiez aux Mif-teres. Ceux qui, aprés l'Avertiffement, avoient receu le Souf-

H v

fle, estoient un peu plus respec-
tez ; mais ils n'avoient encore
aucun pouvoir de rien decider.
Ceux qui, aprés l'Avertissement
& le Souffle, avoient receu la
Prophetie, estoient les Oracles
qu'ils consultoient, & les Juges
souverains, qui prononçoient
leurs Arrests : Et ceux enfin qui,
aprés l'Avertissement, le Souffle, & la Prophetie, avoient esté honorez de ce qu'ils appelloient, *le Don*, estoient montez
au supreme degré où ils aspi-
roient; & ceux-ci n'estoient plus
consultez, & s'abstenoient mesme de prophetiser ; soit qu'ils se
crussent trop élevez, pour se
mesler des affaires de la terre ;
soit que la trop forte haine qu'ils
avoient alors, disoient-ils, contre tous les Catholiques, les
eust tirez de l'estat desinteres-
sé où l'on doit estre, pour pro-

noncer de justes Arrests.

Aprés cette digression, que j'ai crû devoir faire, pour donner une exacte connoissance du caractere de ces Imbeciles, & pour l'intelligence de ce qu'on verra dans la suite, reprenons le fil de nôtre Histoire, & voyons l'extreme licence où ils se porterent, quand ils se furent apperceus de la foiblesse des troupes qu'on avoit à leur opposer.

Il est certain que, quoi que je vienne de raconter des ravages épouvantables que faisoient alors ces Furieux, on peut dire cependant, que jusqu'à la fin du mois d'Octobre de 1702. ils n'avoient pas encore bien connu leurs forces, & les maux qu'ils estoient capables de faire ; en effet, jusques-là ils n'avoient osé convoquer leurs Assemblées ouvertement, & commettre leurs crimes à la lumiere du jour : jufques là enfin, retenus par la crainte des chaftimens, ils s'eftoient fervis du voile des tenebre, pour fe derober à la pourfuite de ceux qui les cherchoient.

Mais, dans le mois de Novembre de l'année 1702. voyant la conftance & l'exactitude de tous les Habitans des Cevenes à leur donner des avis, à leur fournir des vivres, des retraites, & tous les fecours dont ils avoient befoin ; confiderant d'ailleurs l'affiete avantageufe du vafte pays qui eftoit à leur devotion, & le peu de troupes que nous avions à leur oppofer, ils commencerent à changer de conduite, à marcher en plein jour, tambour battant, & à faire les maîtres par tout où ils fe fentirent les plus forts.

Ce fut alors, que ne gardant
plus

plus de menagemens , ils esta-
blirent en plusieurs lieux l'exercice public de la pretenduë Re-
forme , & du Fanatifme. Leurs
Aſſemblées devinrent frequen-
tes , & publiques ; on y bapti-
ſoit ; on y marioit ; on y faiſoit
la Cene ; on y preſchoit hautement la revolte. De là par-
toient des ordres menaçans ,
qu'ils envoyoient aux Communautez , qui , retenuës par la
crainte ou par le devoir , n'a-
voient encore oſé ſe declarer
pour eux , par leſquels ils leur
enjoignoient à ſe ranger de leur
parti , & à ne monter plus la
garde contre-eux , ſous peine
d'eſtre bruſlées , & ſaccagées.
Ils eurent meſme alors l'inſo-
lence de deffendre d'aller à la
Meſſe , & de payer la Dixme ;
contraignant les Fermiers des
Benefices , de porter aux Chefs

I

des Revoltez ce qu'ils avoient accoutumé de payer aux Eccle. fiaſtiques : ainſi un fonds deſtiné à l'entretenement du divin Service, ſervit à la ſubſiſtance des troupes ſacrileges qui travailloient à le détruire.

Jamais peut-eſtre Commandans de Provinces ne ſe ſont trouvez dans une ſituation ſi difficile & ſi embarraſſante, que celle où ſe trouvoient alors M. de Broglie & M. de Baſville : ils voyoient la revolte parvenuë aux derniers excés ; tous les Nouveaux_Convertis des Cevenes, ou declarez ouvertement pour les Rebelles, ou favoriſans ſecretement leurs deſſeins : ils craignoient que les Religionaires des Païs voiſins, & generalement de tout le Languedoc, éblouïs des ſuccés de ces Scelerats, ne ſe decla-

raffent : ils fçavoient que veri-
tablement les perfonnes rai-
fonnables & les plus honneftes
gens qu'il y avoit parmi eux,
defapprouvoient les cruautez
des Fanatiques ; mais ces honneftes gens eftoient en petit
nombre, & d'ailleurs ils regardoient avec plaifir des éve-
nemens qui pouvoient enfin
conduire les affaires à la fin
qu'ils fouhaitoient, qui eftoit
le rétabliffement de l'exercice
public de leur Religion.

Avec de fi juftes craintes M.
de Broglie, & M. de Bafville
avoient fçû de la Cour, qu'il
eftoit impoffible qu'on leur en-
voyaft le fecours des bonnes
Troupes qu'ils avoient deman-
dées ; parcequ'on ne pouvoit
s'en paffer ailleurs : & ils éprou-
voient tous les jours, qu'avec
celles dont ils eftoient forcez

de se servir, il n'y avoit nulle apparence de pouvoir arrester de si grands desordres.

Ils avoient ordonné qu'on fist exactement bonne garde de jour & de nuit dans tous les lieux où l'on pouvoit se défendre ; & ils avoient fait distribuer des armes & des munitions de guerre dans toutes les Communautez : mais la plûpart des Habitans estoient des Nouveaux-Convertis, sur lesquels on n'osoit se fier ; & dont cependant on ne pouvoit éviter de se servir, parcequ'il n'y avoit pas assez d'Anciens-Catholiques pour monter les gardes necessaires, & subvenir à tous les besoins.

L'on sçut même alors, que de ces Nouveaux-Convertis, quelques-uns ayant esté mis en sentinelle, abandonnerent leurs

poftes, & s'allerent coucher
chez eux, lorfqu'ils jugerent
que ceux pour lefquels ils veilloient, eftoient endormis : les
autres chantoient des Pfeau-
mes dans la nuit, afin d'avertir les Fanatiques, qui à ces
heures-là rôdoient au-tour des
Villages, qu'il n'y avoit rien
à craindre, & qu'ils pouvoient
approcher, fans apprehender
qu'on tiraft fur eux : on verifia
même, que plufieurs de ces
Traîtres déchargeoient leurs
fufils, & en tiroient la poudre
& les balles, qu'ils faifoient
tenir fecretement aux Revoltez.

On ne doit pas s'eftonner,
fi, avec tant de facilitez pour
mal faire, des gens animez
d'un efprit de fureur, & que
la folie du Fanatifme rendoit
intrepides, commirent alors

tant de defordres, & porterent la revolte auffi loin qu'elle pouvoit aller.

Ce fut en ce tems-là, qu'une
nouvelle Troupe de ces Furieux
s'éleva dans le Diocefe d'Ufez,
dont un Valet, appellé Nico-
las Joiny, Habitant de Ge-
noüillac, & duquel nous aurons bien de chofes à dire dans
la fuite, fut declaré le Chef.

Cette troupe ne fut pas
long-tems fans faire parler
d'elle : celui qui la commandoit ayant efté averti par les
Habitans du Pays, que M. de
Broglie eftoit occupé dans les
Montagnes des Cevenes, af-
fembla un jour tous les Revoltez qui eftoient fous fes ordres,
auprés d'Ieuzet. Un Capitaine de Bourgeoifie, nommé
Bimard, & un autre Capitaine du nouveau Regiment de

Tarnaud, avec une quaran-
taine d'hommes, marcherent
droit aux Rebelles. Il eſt à
croire que ces deux Officiers
y firent leur devoir, puiſqu'ils
y furent tuez : mais ceux qu'ils
commandoient, eſtonnez par le
grand nombre des Fanatiques
qui ſe preſenta à eux, & in-
timidez par ce qu'ils avoient
oüi raconter de leurs cruautez, lâcherent honteuſement le
pied ſans oſer tirer un ſeul coup :
ils furent pourſuivis, & perdi-
rent en cette occaſion huit ou
dix Soldats : mais le plus grand
mal que fit cet échec, c'eſt que
cet avantage remporté par les
Revoltez, enfla le courage de
ce nouveau Chef, donna de
l'audace à tous les autres Fanatiques, leur fit croire que le
Ciel les alloit favoriſer en tout
ce qu'ils entreprendroient, &

leur inſpira un juſte mépris
pour les Troupes qu'on avoit
à leur oppoſer.

L'on eſtoit dans cette fâ-
cheuſe conjonéture , lorſque
les Eſtats du Languedoc, qui
ſe trouverent alors heureuſe-
ment aſſemblez à Montpelier,
ſe joignirent à M. de Broglie,
& à M. de Baſville , pour leur
aider à remedier à de ſi grands
maux ; & donnerent en cette
occaſion des marques éclatan-
tes du zéle qu'ils ont toujours
eu pour le ſervice du Roy, pour
le bien de la Religion, & pour
le ſoulagement de la Province ;
ainſi que nous l'allons voir bientoſt.

Fin du ſecond Livre.

guyon de ſavdiere

APPROBATION.

J'AY lû par l'ordre de Monseigneur le Chancelier, la *Suite de l'Histoire du Fanatisme de nôtre temps*, où je n'ai rien trouvé qui ne merite l'impression. Fait à Paris ce douziéme Novembre 1709. Signé, RAGNET.

PRIVILEGE.

LOUIS par la grace de Dieu Roy de France & de Navarre : A nos amez & feaux Conseillers les Gens tenant nos Cours de Parlement, Maîtres des Requêtes ordinaires de nôtre Hôtel, Baillifs, Sénéchaux, leurs Lieutenans civils, & autres nos Justiciers qu'il apartiendra, SALUT. Le Sr. BRUEYS Nous ayant fait exposer qu'il desireroit faire imprimer un Livre intitulé *Suite de l'Histoire du Fanatisme de nôtre tems*, *Tome second*, s'il Nous plaisoit lui vouloir accorder nos Lettres de permission sur ce necessaires, Nous avons permis & permettons par ces Presentes audit Sr. Brueys de faire imprimer ledit Livre, en telle forme, marge, caracteres, autant de Volumes & de fois qu'il voudra, & de le faire vendre & débiter dans tous les Lieux de nôtre obéïssance pendant dix ans à conter du jour de la date des Presentes. Faisons défenses à tous Imprimeurs, Libraires & autres, de contrefaire l'impression dud. Livre, introduire, vendre & débiter dans nôtre Royaume d'autre impression que celle qui aura été faite par celui ou ceux qui auront l'ordre dudit Sr. Exposant en vertu des Présentes, à peine de confiscation des Exemplaires contrefaits, de trois mille livres d'amende contre chacun des contrevenans, dont un tiers à Nous, un tiers à l'Hôtel-Dieu de Paris, l'autre tiers audit Exposant, & de tous dépens, dommages & interêts; à la charge que ces Présentes seront enregistrées tout au long sur les Registres de la Communauté des Imprimeurs & Libraires de Paris, & ce dans trois mois du jour de leur date. Que l'impression dud. Livre sera faite dans nôtre Royaume & non ailleurs, en bon papier & beaux caracteres, conformement aux Reglemens de la Librairie; & qu'avant de l'exposer en vente, il en sera mis deux Exemplaires, dans nôtre Biblioteque publique, un dans celle de nôtre Château du Louvre, & un dans celle de nôtre trés-cher & feal Chevalier Chancelier de France le Sr. Phelypeaux Comte de Pontchartrain Commandeur de nos Ordres, le tout à peine de nullité des Présentes; du contenu desquelles vous mandons & enjoignons de faire joüir ledit Exposant, ou ses ayant cause, pleinement & paisiblement, sans souffrir qu'il leur soit fait aucun trouble ni empêchement. Voulons que la copie des Présentes qui sera imprimée au commencement ou à la fin dudit Livre, soit tenuë pour dûëment signifiée; & qu'aux copies collationnées par l'un de nos amez & feaux Conseillers-Secretaires, foi soit ajoûtée comme à l'original. Commandons au premier nôtre Huissier ou Sergent, de faire pour l'execution d'icelles tous Actes requis & necessaires, sans autre permission, & nonobstant clameur de haro, chartre Normande, & Lettres à ce contraires, Car tel est nôtre plaisir. Donné à Versailles le septiéme jour de Decembre, l'an de grace mil sept cens neuf, & de nôtre Regne le soixante-sept. Par le Roy en son Conseil. Signé, TOURRES. Et scellé.

Il est ordonné par Edit de Sa Majesté de 1686. & Arrests de son Conseil, que les Livres dont l'impression se permet par chacun des Privileges, ne seront vendus que par un Libraire ou Imprimeur.

Registré sur le Registre N° 2. de la Communauté des Libraires & Imprimeurs de Paris, page 515. N° 957. conformement aux Reglemens, & notamment à l'Arrest du 13. Aoust 1703. A Paris le 10. Decembre 1709. DELAUNAY, Sindic.

Et ledit Sr. Brueys a cedé son droit de Privilege au Sr. Martel, tant pour le premier, que pour le second Tome; pour en joüir pendant lesdites dix années, suivant l'acord fait entre eux.